CONTENTS

撿走被人悔婚的千金，教會她壞壞的幸福生活

～讓她享受美食精心打扮，
打造世上最幸福的少女！～

1

序章

一棟佇立在森林深處的房子。

今晚，那裡又在進行一場令人聞風喪膽的調教。

「呵呵呵……覺悟吧，夏綠蒂。」

拉起窗簾，就連月光都無法照入其中的陰暗房間裡。

有個拿著蠟燭的青年站在正中央。

他的年紀大概不到二十五歲。在燭火的映照下，儘管他的面容眉清目秀，眼神卻格外凶狠。臉上浮現的笑容看起來也十分冷酷，要是讓個性膽怯的婦孺看到，恐怕會尖聲慘叫。

頭上左右兩邊分別是黑與白這般不可思議的髮色，還有一雙血紅的眼睛。

身材高挑又清瘦，披著一件破破爛爛的長袍，是個典型魔法師的打扮。

「不、不行……這種事情是不被容許的才對……」

坐在椅子上的少女語氣顫抖地對他說。

那是個比男子年輕一些，容貌姣好的少女。

長至腰際的一頭金髮漫著微微幅度的波浪捲，眼睛則是讓人聯想到夏日天空的透澈淡藍色。

她身上穿著一眼就能看出來是高級絲綢的睡衣。

那容貌就像人偶精緻，身材又勻稱，可說是無可挑剔，整個人充滿著高雅的氣質。

可說是一位適合稱為深閨千金的少女。

然而，那副美貌卻因為恐懼而扭曲。

在昏暗的房間裡，燦燦的光線唯獨照亮了她面前的桌子。

看著擺在上頭的東西，她更是驚呼出聲。

「請你重新想想吧，亞倫先生！這其實是一件壞壞的事……！」

「哼，這種事是誰決定的？」

被稱作亞倫的男人嘲諷地揚起嘴角。

「這棟房子的主人是我，而妳身在我的控制之中。就算妳不願意，也必須服從我這個家主的命令喔，夏綠蒂。」

「哪有人這樣……！」

「呼哈哈！妳再怎麼哭喊都沒用！」

亞倫高聲大笑。

當中大概還包含了迫害無力少女所帶來的喜悅。

可憐的少女——夏綠蒂無計可施。

她只能帶著畏懼的眼神，看向桌上的東西。

看準了她無法抵抗，亞倫更是趁機追擊。

「來吧！快點………趁熱吃下這碗拉麵宵夜吧！」

亞倫直指的東西。

是一個正冒著騰騰熱氣的大碗。

混濁的白湯裡泡著黃色的捲麵，配料有燉煮到入口即化的豬肉、溏心蛋以及筍乾，也就是竹筍的加工食品。

這是從東方流傳過來，最近在這個國家漸漸掀起熱潮的料理——拉麵。

大碗裡飄散出濃郁湯頭的香氣。

受到那股氣味吸引，夏綠蒂的肚子也跟著發出咕嚕嚕的聲音。

但她依然展現出抵抗的意志力，鐵青著臉無力地猛搖頭。

「現在已經是必須上床睡覺的時間了……！竟然還要吃下這麼油膩的宵夜……怎能容許這種事！」

「呵，妳要哀嘆還太早了。」

亞倫又勾起邪笑。

接著他將事前準備好，擺在身後的貨架嘎啦嘎啦地拉過來給她看。

「看好了！我還去買了一整箱冰淇淋！飯後可以盡情地吃！」

「什……！而且放在那邊的是配料嗎……！」

「呵呵呵……不愧是夏綠蒂，真是機伶啊。」

切好的一整盤色彩繽紛的水果。

還有蜂蜜等糖漿，以及巧克力脆片餅乾等等。

配料種類既豐富又齊全，最關鍵的冰淇淋也有香草、巧克力及草莓三種口味。不只是小朋友，這樣的組合就連大人也會不由得興奮起來。

「如此一來，就能盡情地搭配出自由組合的聖代了。所有美食都吃完之後，再跟我一起玩桌遊吧！我們要盡全力熬夜！」

「要、要是做了這種事，明天早上會起不來喔！」

「很可惜，妳不會迎來明日的早晨。」

因為——

「妳將面臨跟我一起……睡懶覺到中午的命運！」

「什麼……！」

「哈哈哈哈哈！很好，儘管哭喊吧！妳悲痛的哀號正是我想要的！」

像在配合這道特別尖聲的大笑般，窗外響起了一聲遠雷。

那道閃電讓湯頭的光澤更加耀眼。

少女終於按捺不住，說出對神的懺悔之後，朝湯匙跟筷子伸出手。

這是一個邪惡魔法師，讓可憐少女墮落的……壞壞故事。

第一章　邪惡魔法師撿走稀世毒婦

這一切是在初春的某一天揭開了序幕。

「嗨，魔王先生！今天我也把信帶來了喵！」

「……不准那樣叫我，要我說幾次妳才會懂啊。」

那天早上，敲響亞倫家門鈴的，是平常都會上門的送信高手。

頂著一頭蓬鬆柔軟的金綠色頭髮，上面長著一對同樣毛色的獸耳，屁股上更長著一條長長的麒麟尾。

那是在這個國家常見的貓種亞人，性別是女性。

身上穿著郵局制服的她「喵～」一聲，感到費解地稍微歪過頭。

「就算你這樣講，但明明就不只米雅哈，大～家都是用魔王先生來稱呼魔王先生喵。」

「嘖……隨便啦，快點給我信。」

「好的喵。」

亞倫收下了兩封信、一個小包裹以及一份報紙。

「那麼，今天要交寄的貨件是哪些喵？」

「只有這個而已。」

這麼說著，亞倫將抱在手中的一個箱子交給她。

「裡面跟平常一樣裝的是魔法藥。因為是瓶裝的，妳要小心別打破了。」

「那是當然喵。迅速、安全、超可愛可是米雅哈所屬的薩堤洛斯貨運公司的信念喵！」

米雅哈做出一個直挺挺的敬禮。

雖然說起話來像在開玩笑，實際上她的工作表現倒是很確實。

至今找她寄送過好幾次貨物，也沒有出過任何差錯。

交付完貨物也處理好單據之後，米雅哈無意間微微歪過頭。

「不過，您既然可以做出品質這麼好的魔法藥，為什麼不搬去城鎮上住喵？那裡明明會比較好賺。」

「……」

只要朝著這片森林的東邊走，就有一個滿有規模的城鎮。

米雅哈所屬的貨運公司也位在那裡，有許多人居住於其中。

雖然亞倫確實是以將藥品賣到城鎮的魔法店維生……但她說得沒錯，住在城鎮中應該就能賺得更快吧。畢竟運費是一筆絕不容小覷的成本，也確實給他的財政帶來不小的影響。

然而，有一個重大的問題。

亞倫垂下視線看著自己的腳尖，低喃說：

「城鎮上……人很多吧。」

「唉～你還是一樣討厭與人接觸喵。」

米雅哈聳了聳肩。

由於這棟房子蓋在遠離城鎮的森林裡，連誤闖的人也寥寥無幾。會來造訪的，就只有像米雅哈這樣的廠商而已，也就是說……對於亞倫這種不擅長交際的人來說，是最適合的歸宿。

但是，米雅哈卻對此感到不滿的樣子。

「魔王先生，你才二十一歲而已吧？以人類來說還很年輕喵，要是日子不過得更有活力一點，很～快就會變成乾枯的老爺爺嘍。」

「哼，要妳多管閒事。」

「你看～又這樣皺眉頭了，所以城鎮上的人才會叫你魔王喵。」

住在遠離城鎮又長相凶狠的魔法師，會被人們如此謠傳也是理所當然。

亞倫重重地嘆了一口氣。

「我只是自己一個人住在這裡，為什麼非得被冠上那種有損名譽的稱呼啊……而且不知道是不是因為這樣，最近甚至開始有小孩子跑來這裡試膽了。」

「那還真是……讓人受不了喵。」

「就是說啊。」

亞倫點了點頭，雙手掩面。

「這附近又有很多野生動物，只有小孩子跑來實在太危險了，所以每次我發現的時候都會去叮嚀他們……但他們每次都會放聲尖叫地逃回去。」

「……魔王先生，討厭與人相處的濫好人太令人費解了喵。」

米雅哈露出了苦笑。

雖然不想與人來往，卻也無法對人見死不救。

亞倫就是這種難搞的男人。

「總之，你還是去找個興趣或生活價值比較好喵！那麼，明天見嘍！」

「就說了，妳在多管閒事。」

米雅哈揮著手跑出去，轉眼間就看不到她的身影了。

亞倫無奈地聳聳肩，目送她離去。

「那我也差不多要來準備早餐……啊。」

啪嚓。

這時，才剛收下的報紙不小心掉到地上。

攤開的那一面鮮明地躍出「鄰國毒婦下落不明！難道是逃亡海外？」這樣聳動的標題。

當亞倫為了撿起報紙而蹲下身時——

「…………哎呀？」

就在房子的正前方。

他發現在長度及膝的草叢遮掩下，有人正倒在那裡。

儘管覺得可疑，亞倫還是對那道人影搭話。

「喂……倒在那邊的是誰？」

然而對方卻一動也不動。
亞倫困惑地歪著頭，躡手躡腳地靠近——
「……女人？」
倒臥在草叢裡的，是一個年紀輕輕的少女。
她有著美麗的容貌，還身穿高級禮服，一身打扮簡直就像從故事中走出來的典型公主殿下。
然而那身禮服破破爛爛的，臉色也十分糟糕，一雙眼皮沉重地緊閉著。
蒼白的雙唇間吐著細微的呼息，看樣子是勉強保住了一命。
「是離家出走的少女嗎……還是從被擄走的地方逃出來的？」
「嗯……」
輕輕把她抱起來後，長長的睫毛微微顫了顫。
但是她沒有要醒來的意思，要是就此置之不理……她肯定會喪命吧。
亞倫猶疑了一下，還是放棄般地嘆了一口氣。
「……沒辦法，就照顧到她清醒為止好了。」
亞倫抱起她，打算回到家裡。
就在他起步踩踏雜草的瞬間——！
「喝啊啊啊啊啊啊——！」
突然間，一道野蠻的男性嗓音劃破了林間的寂靜。
與此同時，亞倫的身後凶狠地閃過一道利刃。

散發出銀光的刀刃毫無失準地將他一刀兩斷——他的身影卻猶如一陣薄霧般消散。

「什麼，消失了……！」

「這招呼還真有禮貌啊。」

「唔！」

亞倫從賊人身後悠哉地道。

這是初級的幻影魔法，也可以說是替身術。

回頭看過來的那個男人長相很是陌生。

然而，亞倫對刻在他鎧甲上的徽章倒是非~常眼熟。

手中依然抱著少女，亞倫挑起一邊眉毛嗤笑道：

「哦？來自鄰國，而且還是直屬於王室的近衛兵啊。有著這種了不起頭銜的人，究竟找我有什麼事？」

「……」

士兵沒有給出任何回答。

他直盯著亞倫，並緩緩架好長劍。

這時又有三名士兵從樹蔭處現身。每個人身上都是重裝備，並對亞倫投以凶狠的眼神。

在緊繃的氣氛中，亞倫聳了聳肩。

「這樣成群結隊的，還真是熱鬧啊，如果是想登門推銷的，請回吧。」

「把那個女人交給我們。」

也沒有搭理亞倫的玩笑話，架著劍的士兵們低聲警告。

「那個女人是侮辱我國的重刑犯。你如果要包庇她，我們絕不輕饒。」

「重刑犯～？」

亞倫不禁看向少女的睡臉。

這張柔弱又美麗的面貌，明顯就跟這種嚇人的詞八竿子打不著。

不過士兵們看起來也完全不像在開玩笑。

「我等受命，無論那女人是生是死都要帶走她。如果乖乖將她交給我們……我向你保證不會傷害你。」

「嗯～是這樣啊。」

充斥著麻煩的氣息。

所以，亞倫揚起了邪笑。

「如果是這樣……容我拒絕。」

「什麼！」

眼前一群這麼可疑的傢伙，以及衰弱的可憐少女。

如果問他要站在誰那一邊，絕對會選擇後者。

這就是人性。

即使她真的是萬惡不赦之人，改天再道歉並把人交給他們就好了。

所以說……現在這個狀況只能交戰一場了。

「你打算隻身迎戰我等嗎……！」

「這是我要說的話吧。」

環視一圈包圍著自己的士兵們，亞倫歪著嘴笑了。

士兵們擺出的架式絲毫沒有破綻，一眼就能看出他們累積了足以背負國家徽章的鍛鍊。

另一方面，亞倫還抱著少女，雙手都無法應戰。

從旁觀者的角度看來，想必是走投無路的場面。

因此……這樣的讓步剛好。

「區區四個菁英……別以為就能與我匹敵！」

「咕啊！」

右側後方傳來一聲哀嚎。

襲擊亞倫的其中一個士兵反倒挨下一記掃堂腿倒地。

再朝他的背落下一招肘擊將他擊沉之後，那聲哀號成了開戰的信號。

剩下的三人一起展開行動，然而——亞倫的動作更快。

「『冰結縛（Ice Bind）』！」

「唔咕……！」

一道閃光竄過地面，兩個士兵向前彎著上半身倒下，他們的雙腳被冰的結晶固定在地上。

這是操縱冰的魔法。殺傷力極低，但用於擒捕敵人的效果絕佳。

如此一來，只剩下一開始架起長劍的那個人了。

「竟是無詠唱魔法……！」
儘管驚訝地睜圓了雙眼，士兵還是很冷靜。
他從正面對準了要害，不斷展開刺擊。
然而，亞倫踏著輕盈的步伐，在跟劍尖相差無幾的距離下躲開。他順勢朝著對方下巴抬腿踢了過去，士兵大幅往後仰倒地。
「這樣就結束了！『冰結縛』！」
「唔……！」
擊出魔法之後，就鎮壓完畢了。
被固定在地面上的士兵睜大雙眼，抬頭看著亞倫。
「那頭黑白各半的頭髮……！難不成你是那個——」
「廢話就別多說了。『幻夢（Delusion）』。」
「咯……啊…………？」
啪地打了一聲響指，四人雙眼中的精光都消失了。
亞倫平靜地對盯著虛空的他們問道：
「那麼，這裡究竟發生了什麼事？你們說說看。」
「……我們尋遍了整座森林。」
「……但是女人的蹤跡突然間就中斷了。」
「……於是我們判定她已經被野獸吃掉。」

「……因此決定先回國一趟。」

「唔嗯，做得很好！」

亞倫快活地讚賞著自己的工作表現。

就算解決掉他們，一定還會派遣下一批士兵過來，既然如此，巧妙地蒙混過去還比較快。

讓魔法生成的冰溶化掉之後，他們搖搖晃晃地站起身來。

每個人都已經不帶敵意，甚至看也不看亞倫抱著的少女一眼。

「好啦，回家請走那邊，可別再來嘍。」

士兵們就這樣朝著亞倫用下巴指示的方向，踩著不穩的腳步離開。

反正不久後他們的意識也會恢復清醒，但屆時，亞倫這個人大概已經徹底從他們的記憶中消失了。接下來應該會回到他們的國家，提出像剛才那樣的報告。

總之，眼前的問題解決了。

「不過，重刑犯是吧……看來有很深刻的隱情呢。」

低頭看著少女睡臉，亞倫不禁淺淺嘆了一口氣。

亞倫就這樣抱著少女回到家中。

首先走向客廳。

房間裡一片雜亂不堪，發霉的麵包、乾燥的藥草，以及其他許許多多甚至稱不上是垃圾或破銅爛鐵的東西都堆積著，連地板都看不見。

但在這樣的環境中，唯有擺著皮革沙發的那個角落有勉強整理出一個可以讓人生活的空間。
因為那裡是亞倫最喜歡的地方。
無論看書或是午睡，他的閒暇時間幾乎都是在那裡度過。
他讓撿回來的少女輕輕躺上沙發。
「好啦……接下來就只能等她醒來了吧。」
少女依然沉眠不醒。
亞倫悄悄看向她的臉，一邊摸著下巴發出沉吟。
「足以讓國家動員追捕的重刑犯啊……完全看不出來。話雖如此，畢竟人不可貌相……」
無論如何，直到她清醒之前也不能怎麼辦。
亞倫就這麼無所事事地翻閱起晨間報紙。
寫了整面報導的是國外的頭條新聞。
那是在鄰近的尼爾茲王國發生的，圍繞著第二王子的陰謀事件。
他的未婚妻似乎是個不得了的毒婦。
不但擅用稅金揮霍享樂，還不停跟不特定的多位男性幽會，最後甚至為了讓自己成為王妃，企圖暗殺第一王子。
王子舉發了她所有的惡行惡狀，拯救了國家。
他們國內也因此鬧得沸沸揚揚。
那個未婚妻好像突然間消聲匿跡了，因此盡全力展開了搜索行動。

上面更配上一段「若是對這張面容有印象，請協助通報」的字句，還貼心地刊登著那位千金小姐的肖像畫。

「哦……？」

就在亞倫皺起眉間的時候。

「唔、嗯……？」

「喔，妳醒啦。」

少女正好就在這時醒了過來。

抬起沉重的眼皮之後，她緩緩坐起身。

接著畏畏縮縮地環視了四周……在發現亞倫時，她不禁抖了一下。

「咿……請、請問你是哪位……？」

「沒什麼啦，只是把倒在路邊的妳撿回家的人。」

亞倫為了盡量不讓她害怕，投以溫和的微笑。

他在破銅爛鐵的小山中找出茶壺跟茶葉，動作俐落地替她泡了杯紅茶。

親手將缺了角的杯子遞過去之後，少女也怯生生地接下。她喝了一小口溫溫的紅茶，並淺淺呼出一口氣。多虧如此，她的臉頰多少恢復了一點血色。

她開口用乾啞的聲音說——

「我在森林裡迷路了……那時遠遠看到有一棟房子……於是，就想去那裡……」

「但在抵達前先耗盡了體力啊。不過，妳的目的還是達成了喔，這裡就是那棟房子。」

會造訪這棟房子的人，不是送貨員就是試膽的小朋友們。

再不然就是迷路的人，看來她正是典型的後者。

亞倫沒有向她提及士兵們的事情，他知道這樣只會讓她無謂地懼怕而已。

面對這個現在感覺還像在夢中一般茫然的少女，亞倫將報紙高舉起來。

「總之，歡迎妳來，夏綠蒂・埃文斯小姐？」

「唔……！」

看見報紙之後，少女——夏綠蒂的臉色變得鐵青。

報紙上明確地畫出了她的肖像畫。

既是鄰國尼爾茲王國第二王子的未婚妻，也是……讓國家陷入混亂的毒婦。

埃文斯公爵家的長女，夏綠蒂。

「啊，別擔心，不用這麼戒備我啦。」

亞倫從容地這麼說，將報紙摺了回去，並看向夏綠蒂的臉。

儘管她縮著身體保持警戒，他也沒有多加顧慮。

「我以前有被深信是夥伴的人背叛過的經驗，在那之後，我就學會如何看穿一個人是不是在說謊了。」

他直盯著她的雙眼。

帶著不安的那雙碧眼……沒有任何虛假。

「妳是清白的，對吧。」

「……唔！」
夏綠蒂頓時語塞。
她睜大了雙眼——隨後，眼眶中泛起了淚水。
這個反應讓亞倫驚訝不已。
「唔、喂，怎麼了，是不是有哪裡痛？」
「這還是第一次……」
夏綠蒂的淚珠接連落在皮革沙發上。
她掩著臉哽咽起來，並斷斷續續地編織出話語。
「第一次……有人願意……相信我……！」
夏綠蒂就這麼哭了好一陣子。
儘管亞倫感到不知所措，他還是遞出手帕，並替她倒了第二杯紅茶，不斷努力讓她別再哭了。
最後她冷靜下來，開始一點一點娓娓道來。
「這件事真的……發生得非常突然。」
那是距今一星期前的事情。
王城舉辦了尼爾茲王國第二王子……賽希爾王子的慶生派對。
身為未婚妻的她當然也有受邀參加，並四處跟賓客們打招呼。
然而，她卻沒有跟壽星賽希爾王子說上任何一句話。
「雖然幾年前就已經決定了這樁婚事……但我們很少見面。」

就算偶爾碰面了，也從來沒有交談過。
他總是只用冷漠的眼神瞪著夏綠蒂。
可是，正當派對來到最高潮的時候。
賽希爾王子站到派對會場的正中央，把她叫了過來。
在賓客及士兵們的注目下，他說出口的並非甜言蜜語——而是令人懷疑是不是自己聽錯了的宣言。
『夏綠蒂．埃文斯！我已經調查過妳的種種惡行了！因此……我要解除跟妳的婚約！』
突然間被告知的，竟是解除婚約的宣言。
感覺像順便揭發的那些惡行惡狀，對她來說都是毫無頭緒的事，但那些事全都有縝密設計好的證據佐證，讓在場的所有人對此深信不疑。
就連老家也沒有替她說話。
雖然沒有公開過，但夏綠蒂其實是宗主情婦所生的孩子。
他跟正妻膝下遲遲沒有孩子，因此她在年幼的時候被埃文斯家收養了。
然而幾年後，宗主跟後任妻子生下了孩子。
她也因此在家中一直受到蔑視……被冤枉的時候，連僕人都沒有庇護夏綠蒂。
當她差點就要被抓進監獄時——
「我趁著守衛不注意的時候，從家裡逃了出來……」
「原來是這樣啊……」

亞倫摸了摸下巴。

揭開事情的真相之後，就只是一樁簡單明瞭的陰謀。

王子恐怕是不想跟情婦所生的她結婚，又或者是喜歡上了其他女性，但理由怎樣都無所謂吧。

總之，夏綠蒂就是成了一個阻礙。

只要將她舉發成毒婦，不但能排除礙事的人，也能提升自己的身價，是個一石二鳥的高招。

（但肯定很卑鄙就是了。）

亞倫微微勾起了嘴角。

但夏綠蒂沒有注意到他的心思，只是深深地對他低頭。

「非常感謝你的救助。但是，既然連這個國家的報紙都刊出了消息，我想應該馬上就會有追兵前來，我不能給你帶來麻煩。請先讓我休息一下，我馬上就會離開——」

「我想問妳一件事。」

亞倫打斷她的話，豎起了食指。

「妳擅長打掃嗎？」

「……咦？」

「回答我。」

面對突然間的提問，夏綠蒂睜圓了雙眼。

但在亞倫的催促之下，她還是怯生生地開口回應：

「呃，普普通通吧……怎麼了嗎？」

「很好，這是完美的回答。」
亞倫輕拍了夏綠蒂的肩膀。
「那麼，夏綠蒂，我來僱用妳。」
「咦！」
「名目是包住女僕，妳就住在這裡吧。」
工作內容是所有家事。
當然會支付薪資，而且提供三餐加點心。
這棟房子無謂地寬敞，還有很多空房間，就算多了夏綠蒂一位住戶也不成問題，就連廁所跟浴室也不只一間。
做完簡略的說明之後，她這才回過神，開始慌張起來。
「你有在聽我剛才說的話嗎？我可是被通緝的對象喔！」
「是沒錯啦，要藏匿這樣的女人只能說是一件蠢事吧。」
亞倫心中冷靜的那部分正叫喚著要他立刻收回前言。
她聚集了所有麻煩事於一身，對於一心不想與人往來而住在森林深處的亞倫來說，也可以說是個瘟神。
即使如此，總不能對她見死不救。
「我剛才也說過了……以前，我也被他人背叛過。」
「！……你……也是……」

「我叫亞倫，亞倫．克勞福德。」

夏綠蒂的雙眼直看著他，亞倫淺淺笑了。

那是距今三年前左右的事。

亞倫為了增廣見聞而踏上旅途，在異地遇見了一支隊伍。

他們侃侃談論著要在全世界冒險的未來，並拜託亞倫成為他們的夥伴，似乎正想找個優秀的魔法師成為他們的隊員。

一直以來，亞倫都因為這份天才特質，鮮少受到他人理解，也幾乎沒有能稱為朋友的對象。

但這樣的自己也結交到夥伴了，亞倫很爽快地答應加入他們的隊伍，並夢想著未知的冒險及跟夥伴們的快樂旅程。

然而——他們打從一開始就是想利用亞倫才會靠近他。

「那些傢伙利用我，在封印起來的古代神殿大鬧了一番，目標是財寶。我在解開封印之後就被他們丟在一群魔物的正中央，放著不管了。」

「怎、怎麼能這樣……太過分了……！」

「都是過去的事了。當時我也還年輕，才會這麼簡單就被騙。」

亞倫搖了搖頭，並露出苦笑。

那個時候算是勉強活了下來，但也因此讓他更加不相信他人了。

他輕輕握住夏綠蒂的手。

「那個時候，沒有任何人對我伸出援手，所以我……沒辦法對處境相似的妳棄之不顧。」

「……亞倫先生。」

夏綠蒂的雙眼泛起了淚光。

……順帶一提，亞倫過去的那些夥伴，現在所有人都在這個國家過著牢獄生活。

因為亞倫將他們犯罪的證據逐一蒐羅齊全，並連同他們本人一起交到司法的面前。

而且還順便加諸了好幾層詛咒，他們現在想必很要好地在牢籠裡受到慢性失眠、頭痛以及便祕所苦。

光是想著這件事，就能讓亞倫的每一頓飯吃起來更加美味。

何況國家還因此給了他一大筆獎金。

看來過去的那些夥伴作惡多端，多虧如此，他才能用現金買下了這棟房子，悠哉地過著隱居生活。

雖然導致他更不相信別人了，但不僅達成了復仇，還順便得到了更多。

也就是說，嚴格來講並不是「沒有任何人伸出援手」，而是「輕鬆俐落地親手解決了」。

不過，這件事還是要向夏綠蒂保密，畢竟同樣經歷過背叛的亞倫所說的話會深深扎入她的心。

然而，夏綠蒂卻搖了搖頭。

「可、可是，這樣會給亞倫先生帶來麻煩！聽你這麼說讓我感到很開心……但我不能接受你的好意！」

「這樣啊……那也沒轍了。」

是個還滿固執的少女。

如此一來——

「只好使出最終手段了。」

亞倫打了一記響指。

接著在他的衣服上，差不多是心臟的位置出現了一個綻放紅光的徽誌。

那個令人覺得不祥的東西，正是亞倫擅長詛咒的證據。

面對微微歪頭、感到費解的夏綠蒂，他勾起了無所畏懼的笑。

「就在剛才，我對自己下了『死亡的詛咒』。」

「……咦？」

夏綠蒂再次呆愣在原地。

這時亞倫直直豎起食指，氣勢十足地向她追擊。

「只要妳不說出『要在這裡工作』，我就不解除這個詛咒！也就是說……三分鐘後我的心臟就會停止跳動！」

「什麼——！」

夏綠蒂的哀號響徹整棟房子。

聽著這聲悅耳的音調，亞倫更加深了臉上的笑容。他得意洋洋地逼迫著少女。

「好了，妳快做出決定吧！不然就會因為妳的關係，害一個無辜的老百姓喪命喔！」

「為什麼會變成是我害的呢！而且，你的說詞聽起來就跟壞人一樣……你是真的想要幫助我的好人吧！」

「呼哈哈哈，我當然是個善良人士！好了，妳該怎麼辦，夏綠蒂！就剩下兩分三十一秒而已！再補上一句，我現在已經開始覺得呼吸困難了喔！」

「請、請你多愛惜自己一點——！」

就是這樣，當時限還過不到一分鐘，夏綠蒂便答應要住在這棟房子裡了。在鐵青著一張臉，並一邊哭喊的狀態下答應的。

於是，亞倫將倒在路邊的千金小姐撿回家了。

第二章　灌輸惹人憐愛的少女壞壞的事情

在那之後過了三天——

「那個，我做完嘍……」

「太棒了！」

亞倫看著乾淨到天差地別的客廳，高興地喊道。

原本地獄般的垃圾場，現在已經完全變成人可以生活的環境了。

不但看得到地板，甚至一塵不染。

擦得光亮的窗戶透進了柔和的陽光，讓人可以知道大概的時段。

「哎呀，工作表現真是太優秀了，難以想像妳是個公爵千金呢。」

「……因為我在家會幫忙做很多事情。」

這麼說著，夏綠蒂露出苦笑。

這三天來的療養起了效果，她的氣色也很不錯。

頭髮也泛著光澤，如果讓她穿上禮服，想必會是有模有樣。

然而，現在她穿著跟普通鄉村女孩沒什麼兩樣的平凡服裝。

配色樸實無華的上衣搭著長裙。

甚至還單手拿著抹布，捲起了袖子，看起來還格外合適，讓人都忘記她其實有著高貴的身分了。

（她說過自己是情婦的孩子吧。打掃的動作也很俐落，可以看出她在家受到什麼樣的待遇。）

說不定是空有千金小姐之名，在家中的立場可能跟僕人差不多。

不過，他並不打算深究這點。

夏綠蒂自己似乎也不想再多說什麼。

相對的，她環視了家裡一圈，微微歪過頭。

「但是，我只是擦了地板而已喔，那些東西都是亞倫先生用魔法整理掉了不是嗎？」

「是沒錯啦。」

堆積在地板上的那些垃圾類的東西全都用魔法燒光了。

由於燒到連灰燼都不剩，因此接下來只要將塵埃跟煤煙打掃乾淨就完成了。

「甚至幫忙我打掃地板……這樣真的需要我嗎？」

「那當然。」

亞倫正經八百地點了點頭。

「我就一如妳所見，幾乎可說是沒有生活能力。只有我一個人的話，根本不會產生想要清理的念頭。要是妳沒有來到這裡，我敢保證會在那堆垃圾山中生活到死。」

「我覺得這不是該抬頭挺胸說的話耶……」

夏綠蒂露出有些傻眼的笑。但她握緊拳頭，給自己打氣。

「不、不過，總之打掃的工作完成了，接下來要做什麼工作才好呢？」

「這個嘛……」
亞倫沉思了一下。
接著很乾脆地宣告——
「今天已經沒事了。」
「咦！」
「在晚餐時間之前妳就自由行動吧。」
無視感到困惑的夏綠蒂，亞倫躺上他最喜歡的那張沙發。
「妳可以去書房拿書來看，想去庭院玩玩花草也行，隨妳高興。」
「……要是我跑去偷東西呢？」
「這我倒不擔心，因為這個家裡現在也沒什麼現金。」
把夏綠蒂撿回家之後，亞倫立刻就去城鎮上買了許多衣服及日常用品。
雖然對購買女裝感到有些抗拒，但事到如今就算再增加一兩個負面評價也沒什麼差了，他就讓店員隨便替他挑了幾件之後，直接買了下來。
因為這筆突然的花費，目前這個家幾乎沒剩多少現金。
做了這番說明之後，夏綠蒂很過意不去地縮起了身體。
「不、不好意思……都是我害的……」
「沒什麼，反正是初期投資，妳別介意。」
隨便揮了揮手，他從衣服的內袋中拿出一疊厚厚的紙。

那是針對前幾天發表的魔法理論撰寫的研究論文。

拿紅筆在上頭寫上一堆修正之後退回去給作者，是亞倫少數的興趣之一。

學會的人對他戒慎恐懼，似乎稱他為「紅筆惡魔」，這也讓他更致力於增添補述或刪減內容。

「總之，我要開始做事了，這段時間妳別打擾我。」

「好、好的，我知道了。」

見到夏綠蒂僵著臉點頭之後，亞倫將視線轉移到論文上。

以對待客人的態度來說，亞倫或許有些冷漠。

但他並不想更加拉近與她之間的距離。

（反正也不會跟她相處太久……維持在這樣的距離應該剛好吧。）

雖然無法對遇到困難的人棄之不顧，亞倫還是不太喜歡與人來往。

現在夏綠蒂還懷著恩情道義，因此態度很溫和，但不用多久就會對他感到厭惡了才是。

賺到足夠的盤纏之後，她應該就會從自己面前銷聲匿跡了。

亞倫不覺得這樣是忘恩負義。夏綠蒂的人生是屬於她自己的，既然都離開家裡重獲自由了，無論要做決定還是任何事情，都隨她的想法去做就好。

（等時候到了，將一大筆錢放在容易偷走的地方吧……）

一邊對想著這種事的自己露出苦笑，亞倫埋頭在論文之中。

他抽回注意力的時候，太陽已經漸漸西沉。

從窗戶灑進來的光線在不知不覺間，渲染成燃燒般的暗紅色。
「哎呀，已經這麼晚了……⋯」
當亞倫從沙發上坐起來時，整個人僵在原地。
眼前是被整頓得乾乾淨淨的客廳地板，夏綠蒂就坐在那裡。
她一動也不動，只低著頭緊盯著地板。
那身影在夕陽的照耀下，形成一幅有點異樣的光景。
「唔、喂，夏綠蒂……」
「啊，亞倫先生。」
還以為發生了什麼事，亞連連忙喚了她一聲之後，夏綠蒂猛然地抬起頭。
她臉上依然帶著跟剛才打掃時相去無幾的天真笑容。
多虧如此，亞倫稍微放下心來，但試探地向她問道：
「妳該不會一直都待在那裡吧？到底都在幹嘛……？」
「呃，因為亞倫先生說我可以自由行動……」
夏綠蒂有些傷腦筋地搔了搔臉頰。
她接著直截了當地說——
「我就數了地板的木紋！」
「地板的……木紋。」
亞倫不禁重複了一次這個回答。

亞倫確實是說她可以自由行動。
要怎麼運用時間也都是她的自由。
但是……就算閒到無所事事，有人會跑去數木紋嗎？
這根本是最終選項了吧。
「……好，夏綠蒂，總之妳過來一下。」
「什、什麼事？」
亞倫站起身來，相對的讓她坐上沙發。
接著他在她面前蹲下，並緊盯著那雙眼睛看。
亞倫只要看著一個人的眼睛，就能看穿對方的謊言。
「夏綠蒂……我想問妳一點事情，妳有什麼興趣嗎？」
「興趣……？」
夏綠蒂感到費解地稍微歪過頭。
簡直就像第一次聽到這個詞一般。
一時之間還在擔心她是不是聽不懂這個意思，但她很快就沉吟起來。
「沒有什麼興趣耶……不好意思。」
「那、那麼，妳之前在家沒事的時候都在做什麼？」
「在家時，除了學習婚前教養之外，還要做些打掃及針線活等工作……所以沒什麼空閒的時間。」
夏綠蒂一臉笑咪咪的樣子說出有些寂寞的話。

這刺痛了亞倫的心。雖然有點語塞，他還是繼續問：
「那在妳說的什麼婚前教養當中，有讓妳覺得有趣的事嗎？」
「我想想，有趣的事啊……這樣說我也想不太到……因為我老是做錯事而被罵。」
「那妳最近覺得最開心的事情是什麼！」
「這個嘛……啊！開心的事情倒是有喔！」
夏綠蒂語帶雀躍地說。
亞倫也對此抱持了些微期待——
「差不多在兩個月前，娜塔莉亞小姐……呃，就是妹妹拿了一些水果給我，說是我每天勤奮工作的獎勵！雖然大半都傷到了……但那是我鮮少能嘗到的珍貴食物，所以覺得非常開心！」
「…………」
這應該就是所謂的霸凌或者欺負吧？
「怎、怎麼了嗎，亞倫先生？總覺得你的表情很嚇人……？」
「我天生就是長了一副壞人臉，別在意。比起這個，妳……現在幾歲啊？」
「咦？呃，十七歲。」
「十七歲！」
比亞倫還要小四歲。
他的肩膀也因此顫抖起來。
亞倫十七歲的時候，人還待在魔法學院。

每天不是質問教授到讓對方差點哭出來，就是教訓那些太過囂張的學生，或是在進行魔法藥的實驗時轟飛了好幾間實驗室，過著悠哉的生活。

儘管交出的研究成果一直都是最頂尖的，卻是個胡搞瞎搞的白痴……那時的他是只能這樣形容的男人。

相較之下，夏綠蒂又是如何？

在人生中，十幾歲這段時間應該是過得最快樂的時期，她卻沒有任何興趣，也沒有留下什麼開心的回憶，只過著受人壓榨的日子。

最後還被這一切背叛，倒在這種森林的深處，被長著一張壞人臉，個性扭曲的魔法師撿回家。

（這也太殘酷了吧！）

但亞倫很清楚夏綠蒂完全沒有說謊。

他也明白這種隨隨便便的同情對她很不禮貌……儘管如此，他還是覺得難以忍受。

「……好，我決定了。」

「決、決定了什麼？」

夏綠蒂不安地歪過頭。

亞倫也不管她，緩緩地站起來。

接著——朝著她伸出了食指。

「夏綠蒂，我要教會妳……這世上所有的歡愉！」

「…………什麼？」

在那之後過了三個小時。

「我回來嘍！」

「歡、歡迎回來……？」

夏綠蒂儘管對抱著大包小包的東西回來的亞倫感到困惑，還是鄭重其事地上前迎接。

在做出那番莫名的宣言之後，亞倫衝出了家門。

他直直前往城鎮，買了各式各樣的東西回來。

天色已經完全日落，綻放澄澈光輝的新月令人舒坦地高掛著。

亞倫將所有東西全放上客廳的桌子。

總共有四個大箱子跟三包布袋。

看著眼前這麼多東西，夏綠蒂更是感到費解不已。

「真、真是大手筆呢……但不是已經沒有現金了嗎……」

「對啊，所以我就去把手邊的魔法道具賣掉了，賣了五十枚金幣喔。」

「五……！」

夏綠蒂一時語塞。

所謂的魔法道具，是指帶有特別魔法的物品。

像是就算下雨也不會熄滅的篝火，或是只要揮一揮就會擊出火球的手杖之類。

雖然品質有好有壞，但足以賣到五十枚金幣的可說是相當高等的東西。

而且五十枚金幣是足以讓一位平民舒適地過上三個月左右的金額。

「怎、怎麼會賣到這麼一大筆錢！」

「這是足以掛齒的金額嗎？妳明明是公爵家的千金小姐，金錢觀念卻跟平民差不多呢。」

「因、因為我從小就跟媽媽兩人一起住在鄉下……呃，但這不是重點！」

夏綠蒂猛地搖了搖頭，用顫抖的聲音一字一句地說：

「可以賣到這麼高價的魔法道具，想必是非常貴重的東西……為什麼要賣掉呢？」

「哪有為什麼，因為我需要一大筆錢啊。反正還有其他魔法道具，而且只要我想，要再製作也可以。」

魔法道具跟魔法藥不一樣，審查的程序相當繁瑣。

所以亞倫很少會拿魔法道具換成現金。

但是……這次是特殊情況。

「好了，夏綠蒂，妳坐這裡。」

「咦……好、好的。」

夏綠蒂畏畏縮縮地在亞倫替她拉開的椅子上坐下。

亞倫滿足地點了點頭，但她依然很困惑。

「夏綠蒂，我剛才跟妳說過了吧？要教會妳這世上所有的歡愉。」

「是的，你是有這麼說過……但『歡愉』是……？」

「就是既歡樂又愉快的事情，不過我所說的……」

亞倫抬起夏綠蒂的下巴，揚起了壞笑。

「是有反道義的那種喜悅。」

「道、道義……？」

「沒錯。那些不正當的事，通常都會讓人很快樂，甚至會成癮呢。」

夏綠蒂更驚訝地睜大了雙眼。

她感覺就像完全不懂亞倫在說什麼一樣。

「妳是個坦率又認真的人，甚至是放眼現今社會都很罕見。妳從來沒有反抗過公爵家的人，或是做過一些放肆的事情吧？」

「畢、畢竟……是他們將我這種人接回家裡……」

夏綠蒂垂著眼，含糊地說著。

那與其說是家人，感覺更像是奴隸懼怕著主人所做出的回答。

實際上，她至今也完全沒有說過公爵家的壞話。儘管被這麼殘忍地背叛，但恩情義理或恐懼這類的情緒可能遠高於憎恨吧。

但這在亞倫看來是極為不健全的心態。

所以……他決定要將她染上新的色彩。

「接下來，我要教會妳一些壞壞的事。妳將會沉溺於那種歡愉中，成為憑藉本能行動的野獸。」

「好、好像很可怕耶，亞倫先生……」

夏綠蒂表現出有些懼怕的神色，但還是堅毅地試著瞪著亞倫。

「而、而且，不可以壞壞喔！」

「放心吧。這些事情既不會觸法，也不會給別人帶來麻煩。」
「真、真的嗎……？」
「那當然，這些是每～個人都會偷偷做的事。」
無論賢淑的妻子、嚴格的教師，甚至是為人典範的聖職者。
大家私底下其實都在偷偷做這些壞壞的事，成為那份歡愉的俘虜。
這麼一說，夏綠蒂細聲地嚥下口水。
「你、你說的壞壞的事……究竟是什麼呢？」
「妳想知道啊……很好！」
亞倫從夏綠蒂身上抽回手，緩緩解開盒子上的緞帶。
就像在解開女性的衣服，教人意亂情迷。
「來吧，妳仔細看好了，這次壞壞的事情是……」
他如是說著，打開盒子。
放在裡面的東西是——
「…………蛋糕？」
「沒錯！」
亞倫強而有力地點了點頭。
盒子裡放了許多色彩繽紛的蛋糕。
有擺著草莓的草莓蛋糕、表面柔滑的巧克力蛋糕、上頭用許多宛如寶石的水果裝飾的水果塔，還有不知道疊了多少層的千層派等等。
種類多到族繁不及備載。
「但是，要驚訝還太早了！」
這麼說著，亞倫接連打開其他盒子及袋子。
一個個跳出來的是色彩繽紛的點心，還有瓶裝的果汁。
不只是甜食，也有鹹味的爆米花。
轉眼間，桌子上看起來就像要開派對一樣。
夏綠蒂也因此睜圓了雙眼。
「那、那個……這些是……？」
「簡單來說，就是壞壞的事。」
「……什麼？」
夏綠蒂感到更加不解了。
然而，亞倫不顧她的反應，轉開了瓶蓋。隨著一道「噗咻」的爽快聲音，他猛灌了一大口汽水，接著整瓶擺上桌子，盡全力做出宣言。
「這些就是今天的晚餐！大口吃大口喝，盡情喧鬧吧！」
「什麼——！」
夏綠蒂終於發出哀號般的聲音。
「不、不可以啦，亞倫先生！晚餐得吃正餐！全都吃點心會造成營養失調！」

「唔嗯，真是一如我想像的模範反應，這樣就更有墮落的價值啦！」
亞倫滿意地笑了。
「他們應該只有給妳吃最低限度的東西而已吧。儘管勉強活著，妳還是處在慢性營養失調的狀態。」
「因、因為……」
「被我說中了吧。為了顧全面子，總不能讓妳陷入飢餓狀態，但也完全沒打算讓妳享受。大概就是這種感覺吧。」
似乎只有家中的人知道她是情婦的孩子。
因此即使表面上當她是家人，實際上她在家裡就像個僕人。
應該很少吃到蛋糕吧。
亞倫將一塊蛋糕放到盤子上。
那塊草莓蛋糕上頭擺著帶有光澤的漂亮草莓。這並非當季水果，而是溫室栽培的草莓，所以價格也相對昂貴了些。
附上叉子之後，他將整盤蛋糕遞到夏綠蒂面前。
「妳看～是又甜又～好吃的蛋糕喔，這好像是那間店的熱銷商品。」
「唔……」
夏綠蒂目不轉睛地盯著看。
她中午只吃了亞倫特製的，用剩餘蔬菜煮成的清湯，搭配之前就買好的麵包，以及煎碎的荷包蛋而已，肚子當然也餓了才對。

不知道從哪裡傳來「咕嚕～」的一道細微聲響。

但夏綠蒂還是緩緩地搖了搖頭。

「但、但是，這樣是不對的。拿蛋糕當晚餐這種事，一定很不健康……」

她抬起雙眸瞥了亞倫一眼，感覺很抱歉地說：

「而且……總不能再讓亞倫先生對我這麼好了。」

「但是，這個蛋糕做得這麼漂亮耶，不吃掉的話很對不起做出來的甜點師傅吧？」

「唔唔……！」

喔，有效有效。

感覺到說服的效果之後，亞倫揚起壞笑，乘勝追擊。

「再說，現在僱用妳的人是誰啊？」

「是、是亞倫先生……」

「沒錯！」

亞倫將叉子直直遞到夏綠蒂的面前。

「雇主的命令絕對要遵守，所以今天妳就盡情地吃這些東西吧，這就是妳的工作！」

「這樣也太亂來……」

「要是妳繼續抵抗下去，我又要下死亡詛咒嘍，當然是對我自己。」

「就說了請你自愛一點！」

打斷眼看就要若無其事地發動詛咒的亞倫，夏綠蒂發出哀嚎。
但她看樣子也終於放棄了。
夏綠蒂輕輕拿起放在桌上的叉子，點了點頭。
「我、我知道了……如果是這樣，那我就滿懷感激地享用了。」
「很好，一開始就這麼坦率不就得了。」
聽起來完全是壞人的台詞，但亞倫只是想讓她吃蛋糕而已。
「我姑且問一下，妳在食物方面有沒有對什麼東西過敏？或者慢性病之類的？」
「是沒有……但你這樣問好像醫生呢。」
「我姑且也有醫師執照喔。」
「你又在開玩笑了。」
夏綠蒂輕聲笑了起來。
亞倫說的是不爭的事實，但似乎被認為是在開玩笑。
不過多虧如此，好像讓她沒那麼緊張了。
「那麼，我開動了，不過……」
這時，夏綠蒂瞥向亞倫的臉，看著他的反應。
「請亞倫先生先選吧，我吃你挑剩的也沒關係。」
「不，不用了，我不喜歡吃甜食。」
「咦！」

夏綠蒂愣愣地睜圓了雙眼。
「難不成……這些全都是……為了我買的……？」
「妳現在才發現嗎？這是理所當然的吧。」
「甚至不惜賣掉貴重的魔法道具嗎！為、為什麼要做這種事……！」
「哪有為什麼……」
亞倫儘管對這個提問感到不解，還是若無其事地答道：
「因為我覺得妳會開心啊。」
「什……」
夏綠蒂這下子真的說不出話來了。
她的臉上褪去了所有情緒，完全僵住了。
面對這樣不明所以的反應，亞倫也只能歪著頭表現出困惑。
「怎麼了？難道妳不喜歡吃甜食嗎？」
「不、不是，我沒有不喜歡……只是……」
「那就趕緊吃吧。」
「好、好的……」
動作生硬還心不在焉的樣子，夏綠蒂重新拿好了叉子。
「這些都是……為了我……」
喃喃低語之後，夏綠蒂嚥下了口水。

接著就輕輕將叉子抵上草莓蛋糕。

那裡是三角形的頂點。她切了一小塊下來，緩緩送到嘴邊。

這一連串動作的速度就跟烏龜走路一樣慢，但亞倫還是在一旁注視著她。

夏綠蒂彷彿將那一口蛋糕當作最後的晚餐，細細咀嚼，最後才吞嚥下去。她就這樣茫然若失地僵住了好一陣子——

「怎、怎麼樣，好吃嗎？」

亞倫試探地向她問道。

難道是不合她的胃口嗎？還是蛋糕壞掉了？

他擔心地看著夏綠蒂的臉。

這時——

「很好吃。」

這樣啊，太好了！

……但亞倫想好的這句回應消失在喉嚨的深處。

因為，她的臉頰上滑過一道清淚。淚珠接二連三地不斷地落下，後來還混了哽咽聲。

這讓亞倫說不出話來。

夏綠蒂哭到臉都皺在一起，更拚命地想擦掉落下的淚水。

然而眼淚完全沒有止住的跡象。

每當淚珠落在桌上或掉在腿上，她顫抖的雙唇也跟著輕聲地說：

「至今從來沒有、任何人替我做過什麼事……也沒有給過我任何東西。就只有媽媽、妹妹，除了她們以外，沒有任何人……而且這個……又這麼好吃，讓我覺得太開心了……所以心都揪在一起……」

夏綠蒂斷斷續續地說著。

不順暢地羅列出來的這番話，正是她打從靈魂發出的悲鳴。

那聲悲痛的喊叫，點亮了亞倫心中的火焰。

夏綠蒂抬起淚濕的臉龐，直盯著亞倫。

「我這種人可以過得這麼幸福嗎……？」

「……說什麼傻話。」

亞倫擠出低沉的嗓音。

雖然價格高了一點，但也只是價值一枚銀幣的蛋糕而已。

這種程度的幸福……怎麼可能足夠。

「這樣就叫『幸福』？笑死人了，這點程度還只是剛開始而已。接下來，我要教會妳這世上所有的歡愉，無論妳再怎麼哭喊，我都不會輕饒。」

讓她享受許多美味的食物，帶她去各式各樣的地方。

無論是快樂的事情還是開心的事情，都要讓她體驗到厭煩為止。

就這樣漸漸地……將她改變成一個可以抬頭挺胸地說自己是世上最幸福的人為止。

這樣告訴她之後，只見夏綠蒂扭曲地皺起了一張臉。

「為什麼……為什麼要對素昧平生的我這麼好呢……？」

「天曉得，我自己也搞不懂。」

亞倫坦率地說出自己內心的想法。

有人會因為一個蛋糕就哭成這樣嗎？

思及此，一股怒火就從心底湧上。

這恐怕不只是同情心而已。既感到憤怒，又覺得悲傷，這些情緒複雜地混合在一起，構成了亞倫有生以來第一次懷抱的情感。

亞倫不知道該怎麼稱呼這樣的情感。

然而，那些都是微不足道的問題。

既然都決定好要這麼做……就要做得徹底。

因為這就是他的原則。

「總之，我向妳發誓，只要妳還在我的面前，我就會教妳這世上所有快樂的事情！」

「但是……我無法給你任何回報。」

「我不需要那種東西，妳就當作是在心不甘情不願地配合我的興趣就好了。」

「呵呵……你是個好人，卻也是個怪人呢。」

夏綠蒂一邊哭一邊輕聲笑了。

多虧如此，亞倫也鬆了一口氣。

見到她哭的時候，心臟就會被緊緊揪住，但是見到她笑，心頭就會漸漸溫暖起來。這也是他有生以來第一次產生的感受。

總之，亞倫在將手帕遞給她擦掉眼淚之後，接二連三拿了其他蛋糕給她吃。他一心只想著希望她能笑得更開心。

「好了好了，盡量吃吧。吃完這個之後，接下來要吃哪個？這個巧克力蛋糕如何？」

「我、我吃不下這麼多……亞倫先生也幫忙吃一點吧。」

「就說我對甜食……啊，不。」

正要說出自己不喜歡的瞬間，夏綠蒂的臉色有些沉了下來。

所以亞倫打斷自己的話，隨手拿了一塊蛋糕，是上頭擺了許多水果的水果塔。

「機會難得，我也一起吃吧。」

「好的！一起吃的話，會更加美味才是。」

看見夏綠蒂恢復了笑容，亞倫也在內心鬆了一口氣。

雖然不喜歡與他人來往……但就盡量努力吧。亞倫產生了這樣的念頭。

然而夏綠蒂卻垂下眉，並皺起了眉。

「但是……就算兩個人一起吃，這麼多還是吃不完，該怎麼辦呢？」

「這哪有什麼，每天都吃一點不就得了。」

「可是，蛋糕有辦法放那麼多天嗎……？」

「那就只要像這樣……」

亞倫喃喃編織出咒語，接著打了一記響指。

那個瞬間，巧克力蛋糕被框進一個立方體的結界中。

「停止它的時間就沒問題了。」
「……你真的什麼事都做得到呢。」
「還好啦。」
亞倫從容地聳了聳肩，將叉子插進水果塔裡。
「因為我是個邪惡又優秀的魔法師嘛，無論要停止時間，還是要誆騙可憐的婦孺都輕而易舉。
唔嗯，沒想到這還滿好吃的。」
多虧了水果適當的酸味，讓不喜歡甜食的亞倫也吃得津津有味。
以後也常去光顧那間店好了。
「來，妳也吃看看這個吧。啊——」
「呃，啊——」
他也讓夏綠蒂吃了一口水果塔。
餵進那怯生生地張著的小嘴之後，她認真地細細咀嚼了一陣子，堆起了滿面笑容，雙頰上還泛起了淺淺的緋紅。
若要替那個顏色命名的話——稱作「幸福色」應該還算妥當。
「……好好吃。」
「太好了。」
亞倫也勾起笑容，並一口吃掉剩下的水果塔。
這滋味果真不錯。

第三章　壞壞舒壓法

「呼哇……啊？」

隔著眼皮感受到耀眼的陽光，亞倫扭了扭身體。

接著意識也漸漸轉醒。

身體四處都很痛，這才讓他想起自己睡在什麼地方。

鞭策著倦怠的身子，他將臉抽離桌面。

「呼啊……傷腦筋，我是什麼時候睡著的……？」

他靠在椅子上伸展了僵硬的身體。

清朗的朝陽從窗外灑落室內。

這裡是亞倫的書房。

書櫃沿著牆壁並列，地上也四處堆著書櫃放不下的書籍所疊成的小山。

昨天晚上都窩在這裡想事情。

原本打算處理到一個段落就收工，看樣子是投入到連自己是什麼時候不小心睡著的都不知道了。

「呵……沒想到會這麼投入。但既然都想出了那麼多種方案，花這段時間也值得了吧。」

他趴著的桌上放著闔起來的筆記本。

亞倫將它拿了起來，輕輕一笑。

封面上寫著這樣的標題。

《夏綠蒂調教計畫～壞壞清單（暫）～》。

要是被夏綠蒂本人看見了，她肯定會睜大雙眼說著「這是什麼啊！」。

亞倫翻開了筆記本。

頁面上寫滿了自己的字跡，他輕輕用手指撫過第一行。

「蛋糕很不錯，確實有效果。」

寫著蛋糕的那一行浮現一個圓圓的花形圖樣。

對亞倫來說，夏綠蒂不過是碰巧邂逅的陌生人。

然而，這關係在昨天產生了變化。

亞倫跟她約好了，要教會她這世上所有快樂的事情。

既然約好了就要盡全力辦到，這就是他的原則。

昨天她吃蛋糕時的反應非常好。

她總共吃了三個蛋糕，而且每一口都是細細品嚐。

將剩下的蛋糕都保存起來之後，她似乎打算珍惜地每天吃一個。

沒想到區區一個蛋糕就能讓她高興成那樣，因此亞倫的心情非常好。

然而……只有食物就太無趣了。

「要有更多種……得讓那傢伙體驗更多至今沒有嘗試過的事情……！」

所以他絞盡腦汁，想各式各樣的事情到深夜。

那些點子都寫在這本筆記本上，這裡頭刻著比蛋糕還令人愉悅的各種事情。

「呵呵呵……這些可是我這個天才腦袋想出來的奇策，對夏綠蒂來說想必效果絕佳！我看看，總之就先一個個確認一下吧！」

就這樣，他看起了清單。

上頭寫著的是——

寫下劃時代的魔法理論論文。

使用一堆貴重到有毛病的素材去製作魔法道具。

為那些對自己刀刃相向的蠢貨們送上人間煉獄的豪華全餐。

諸如此類。

「…………夏綠蒂絕對不會高興吧。」

會因為這些事情感到開心的只有亞倫而已。

結論就是，在深夜只會想出垃圾般的點子。

亞倫將筆記本隨手丟掉之後站起身來。

很快就能轉換心情也是他為數不多的優點之一。

「算了，睡個回籠覺後再來想吧。」

當他就這麼走出書房時——

「喔！」

「啊！」

正好碰上了夏綠蒂。

她雖然在轉瞬間愣愣地睜大了眼，接著還是回過神來低頭致意。

「早、早安，你起得真早呢……已經在工作了嗎？」

「不是，只是不小心在書房睡著而已。」

「是熬夜了嗎……？不、不行啦，這樣對健康不好喔。」

「……所以我現在要去睡回籠覺。」

見她一副慌亂的樣子，亞倫也露出苦笑。

要是夏綠蒂知道他是因為想她的事熬夜的話，應該會更加驚慌失措吧，所以亞倫決定絕對不會將這個原因說出來。

「反正就是這樣。不用準備我的早餐，妳自己吃吧。」

「我、我知道了，要不要到了中午再去叫你呢？」

「好啊，拜託妳了。話說回來……那是怎樣？」

「這個嗎？」

這時，他發現到夏綠蒂正拿著的東西。

那是原本被亂丟在置物間的掃帚。平常太少拿出來用，應該都是灰塵才是，但看樣子她有整頓過了。

她很寶貝地抱著掃帚，露出柔和的笑容。

「我正想去打掃一下玄關。啊，還是說不行呢……？」

「不，那是沒差……但我沒有連這件事都拜託妳做喔。」

像客廳或廚房等生活上必須用到的地方都已經打掃完了。

接下來要做的就是整理置物間跟照顧庭院花草……但這些事情都還不急，所以他跟夏綠蒂說過以後有空再處理就好。

除此之外，沒有再交代她其他工作了才是。

這麼一說，夏綠蒂露出苦笑。

「畢竟是我寄人籬下，我就想說，得主動處理各種工作才行。」

「也太認真了……」

儘管傻眼，亞倫還是透過目視粗略地確認了一下她的健康狀況。

肌膚的光澤感很好，瞳孔狀態沒事，呼吸的節奏也很穩定。

既然身體狀況看起來沒什麼問題，應該可以交給她處理……但他還是很擔心。

「一大早的，妳可以悠哉一點喔。」

「好的，但是……已經養成這樣的習慣了。」

「……妳在家也是每天都在打掃嗎？」

「啊哈哈……」

夏綠蒂曖昧不明地笑了笑。
她的老家再怎麼爛也是公爵家，家中的僕人應該多到綽綽有餘吧。
即使如此，還刻意要夏綠蒂去打掃……雖然無從得知這樣的行徑中帶著什麼意圖，但八成不是好事。
一想像那樣的畫面，他的睡意就立刻灰飛煙滅了。
比喝得醉醺醺的隔天還要不舒服幾百倍的感覺在亞倫的體內翻騰起來。
他因此皺緊了眉間。
不知道夏綠蒂是怎麼解讀這樣的表情，只見她連忙地低下頭去。
「那、那麼，晚安，我會安安靜靜地打掃的。」
說完，她很快就朝著玄關走去。
亞倫只能目送她離開。
直到她的背影消失在轉角的另一頭……他摸了摸下巴。
「……受到那樣的對待，竟然還不會說別人的壞話。」
豈止是把她當僕人而已，甚至讓她不斷受到比僕人還不如的對待。
更因為莫須有的罪名被趕出家門。
即使如此，無論是對家裡的人，還是身為元凶的前未婚夫王子，她都沒有說過隻字怨言。
如果是亞倫站在她的立場，那些人全都會被他徹底擊潰……
「看來，與其說是不恨他們……她是覺得那些人不是她可以怨恨的對象吧？」

就算她心中懷有不滿，也不敢說出來……總覺得是這樣的狀況。
而追根究柢，應該是出自對他們的恐懼，以及太不肯定自己的關係吧。
沒有比這更讓人不爽的事了。
當他還一臉沉重地在走廊上沉吟的時候。
「早～安啊……哎呀呀？請問妳是哪位喵？」
「啊！呃，這……」
從玄關那邊傳來兩道聲音。
亞倫一聽見這段對話，立刻像彈起來似的飛奔過去。

在他用個人史上最快的速度一路跑到玄關時。
眼前是一片最糟糕的光景。
「給我等一下！」
「啊，亞倫先生。」
「喵～？」
拿著掃帚的夏綠蒂，以及來送貨的米雅哈。
她們在絕妙的時機點偶然撞見了對方。
應該說，米雅哈每天早上都會送貨來這裡，因此剛才直接讓夏綠蒂到玄關去明顯就很不妙，
看來是正在想事情的腦袋一時之間轉不過來。

亞倫若無其事地將夏綠蒂擋在身後，自己轉向米雅哈。
「不好意思，她是我最近僱用的女僕，個性比較怕生。」
「喔～討厭與人相處卻僱用了女僕小姐，魔王先生果然是個很有趣的人喵～」
「魔、魔王！」
聽米雅哈悠哉又若無其事地這麼說，夏綠蒂整個人愣在原地。
亞倫因此抱頭苦惱。
「暱稱，那是個暱稱，雖然有損我的名譽就是了。」
「這個稱呼很適合你啊。嗯——不過話說回來……」
米雅哈帶著笑意瞇起雙眼。
她正注視著亞倫身後的——夏綠蒂的臉。
「這位女僕小姐的臉好～像有在哪裡看過喵，具體來說是在最近的報紙上。」
「唔……！」
夏綠蒂倒抽了一口氣。
這個反應幾乎代表了肯定。
亞倫嘆了一口氣，下定決心要說服米雅哈。
事到如今，看要賄賂還是怎樣都好。他不想對認識的人洗腦，因此希望盡可能和平解決……
「……米雅哈，其實這是有原因的——」
「沒關係喵，魔王先生。」

但米雅哈露出爽朗的笑容，拍了拍胸脯。

「我們薩堤洛斯貨運公司是以常客至上喵。無論常客家的女僕小姐有什麼來歷，都跟我們沒關係喵。」

「……謝謝妳。」

「到底在謝什麼喵～？」

米雅哈感覺很刻意地歪過頭。

夏綠蒂也對這樣的她低頭致謝。

「謝、謝謝妳……」

「喵哈哈，不用這麼客氣喵，因為尼爾茲王國在我們公司的服務範圍之外喵～」

「……那要是在服務範圍之內的話呢？」

「嗯——這個嘛，究竟會怎麼樣喵～」

米雅哈「喵～」地笑著蒙混了過去。

亞倫打從心底為她的公司沒有將事業拓展到國外去感到慶幸……這時，他忽然想起了一件事情。

「對了，米雅哈。我記得你們公司也有跨足郵購事業吧？」

「有的喵。雖然是以日用品為主，無論客人想買什麼，我們都可以進貨喵。手續費也是良心價，這份商品目錄給你參考看看喵。」

「有夠可靠耶，我看看……」

從米雅哈手中接過目錄之後，亞倫隨意翻閱起來。

上頭羅列著各種食材、日用雜貨，還有衣服等商品。

「這真不錯。夏綠蒂，拿去。」

「什、什麼？」

亞倫隨手將目錄丟給夏綠蒂。

乾脆地對一臉驚訝的她說：

「前幾天我是先去買了一些生活用品回來，但我不知道女性需要的東西，妳就從這裡面把想要的東西列出來訂購吧。」

「啊，好的，我知道了。」

夏綠蒂點了點頭，深感興趣地翻閱起商品目錄。

她的眼睛微微發著光，覺得很雀躍的樣子，應該是因為至今都沒有什麼購物的經驗。

她很珍惜地抱緊了那份目錄，淺淺地笑了。

「那就麻煩你了，費用的話……我會努力工作償還給你。」

「妳別擔心，這是必要的經費，我來付就可以了。」

「咦！這、這可不行……昨天你也替我買了蛋糕……」

夏綠蒂依舊緊抱著目錄，很傷腦筋地垂下了眉。

但是，亞倫不肯退讓。

「反正妳盡量買自己喜歡的東西就好了。要是敢有一點客氣，我就把那份目錄上的所有東西都全部買齊，妳要好好挑選喔。」

「為什麼你總是這麼極端啊！」

夏綠蒂鐵青著一張臉放聲哀號。

以昨天蛋糕那件事為鑑，她應該知道亞倫真的會這麼做。

看著兩人這樣的互動，米雅哈咯咯地笑了。

「喵哈哈，女僕小姐也很辛苦喵。要是討厭魔王先生的暴行，要明確地說出來才行喵。」

「呃，不，是我受到他的照顧，不能做出那種事情……」

「是嗎～換作是米雅哈，看到這種高傲的態度，絕對會賞他個必殺貓拳喵。」

這麼說著，米雅哈「咻咻」地開始使出空擊。

拳擊姿勢還挺有模有樣的。

「聽好喵，壓力就是要發洩在壓力來源身上喵！」

「對常客講話還真不客氣……嗯？等等喔。」

這時，他突然有了想法。

亞倫沉思了一陣子後……輕輕握拳敲在手掌上。

「就是這個！」

「喵？」

「咦……？」

就這樣，他決定好下一個要讓夏綠蒂做的壞壞的事了。

接著，隔天的中午過後。

「訂購的商品送來了喵～！」

「唔嗯，辛苦了。」

差不多在午餐過後，米雅哈精神飽滿地敲響了玄關的門。

亞倫讓抱著好幾箱貨物的她進到客廳來。

從小小的布袋，到感覺能裝進一個人的長方體巨大木箱都有，搬著這些光看就覺得很沉重的貨物，米雅哈卻沒有流下一滴汗水，一副綽綽有餘的表情。

她將布袋交到在旁邊看的夏綠蒂手上。

「請收下，這邊是夏綠蒂小姐訂購的日用品喵。」

「謝、謝謝妳。」

夏綠蒂畏畏縮縮地收了下來。

不知不覺間，米雅哈對夏綠蒂的稱呼從「女僕小姐」變成本名了，但夏綠蒂完全沒有發現，看來米雅哈是真的沒有張揚這件事。

「然後，這個是魔王先生訂購的東西喵。」

「謝謝，那我來看看……」

沉甸甸地放在亞倫面前的是一個巨大的木箱。

那就像個棺材一樣，他打開蓋子，確認了一下裡面的東西。

夏綠蒂也深感興趣地湊過來看，想一探究竟……但在她看到之前，亞倫先將蓋子蓋回去了。禮物就是要隱瞞到最後一刻才有意義。

「唔嗯，這貨真是不錯。那麼，這邊就是這次的報酬。」

「我來確認一下喵，一、二、三……哎呀？」

數著銀幣的米雅哈有些困惑地歪過頭。

「多給了很多喵，我找錢給你，請等一下——」

「不用找了，剩下的是小費，妳就收下吧。」

「喵喵！魔王先生好慷慨喵！謝謝喵！」

米雅哈笑容滿面地將銀幣塞進了口袋裡。

這也算是一種封口費。如果這樣能保護夏綠蒂，那也安心了。

當亞倫在收錢包時，米雅哈一直盯著木箱看。

「但話說回來……魔王先生，你訂這種東西要做什麼喵？」

「當然要拿來用啊。」

「什麼～感覺只會做些靜態活動的魔王先生要用這個？」

米雅哈失禮地補了一句「肯定是騙人的喵～」。

這時，亞倫輕輕拍了拍夏綠蒂的肩膀。

「不不不，不是我，是要夏綠蒂要用的。」

「咦，我嗎？」

夏綠蒂愣愣地睜圓了雙眼。
她應該是沒想過話題會扯到自己身上吧。
「喔～沒想到夏綠蒂小姐很好動喵～」
「到、到底是買了什麼呢……？」
「呵呵呵……妳看了別嚇一跳喔。」
接下來是禮物亮相的時間了。
亞倫露出無畏的笑，打了一記響指。
木箱隨著一道爆裂聲碎裂開來。
豎立在四散的木片中的東西是——
「……沙包？」
「沒錯！」
不顧夏綠蒂的困惑，亞倫堂堂地如是說。
懸掛在金屬支架上的，確實就是沙包。
通常會拿來練習拳擊架式或是自主鍛鍊的運動用品。
「哎呀，真沒想到連這種東西都能送過來，真不愧是薩堤洛斯貨運公司，今後也要多多麻煩你們了。」
「那是當然，請交給我們喵！我們會優先配送魔王先生的貨喵。」
「不、不是，那個……請等一下。」

見亞倫他們悠哉地聊起來，夏綠蒂開口插話。
她的表情彷彿完全無法理解。
交互看著亞倫跟沙包，她再次不解地歪過頭。
「為、為什麼這個是我要用的？啊，難道是為了讓我運動……之類的嗎？」
「很接近了，但不是這個原因。」
隨手打了一下沙包之後，亞倫如此宣言：
「這就是妳今天要做的壞壞的事！」
「壞、壞壞的事……！」
夏綠蒂嚥下一口唾沫。
另一方面，米雅哈以有些退避三舍的眼神看向亞倫。
「啊？那是指什麼喵？難道是一種玩法喵？」
「不是，這件事說來話長……」
於是亞倫將事情原委簡單說明了一番之後，米雅哈皺起臉搖了搖頭。
「魔王先生，你不會講話也要有個限度喵……但是，揍沙包為什麼會是壞壞的事情喵？」
「因為如果只是這樣，那就是普通的運動了。」
這時，亞倫從內袋中拿出了剪報。
接著將剪報貼上沙包……就做好事前準備了。
「好了，紓壓時間到！狠狠地揍這傢伙吧！」

「什麼！」

夏綠蒂發出發狂似的喊叫。

亞倫直接貼在沙包上面的，是一個面容嚴肅的壯年男子及帶著冷淡眼神的青年大頭照。

凝視著眼前的照片，夏綠蒂用顫抖的聲音說：

「這、這是我的父親大人跟……」

「唔嗯，跟妳的『前』未婚夫呢。」

亞倫從容地點頭說道。

不知為何還強調了「前」這個部分。不知為何。

「妳要做的不是接受這一切，而是要生氣。」

「生、生氣……」

「沒錯。」

他輕輕牽起夏綠蒂的手，替她戴上了一併訂購的拳擊手套。

顏色是鮮血般的紅。

這完全是亞倫挾帶私仇所做的選擇，但沒特別向她解釋。

「有些時候忍耐確實很重要，但依據需要，也有解放慾望的必要，要不然總有一天一定會撐不下去。」

只是忍過當下的情緒不會消失。

那將會持續堆積在心底，直到氾濫出來，自己的心也會潰堤。

亞倫不想讓夏綠蒂經歷那種事情。

「這沒什麼，第一次任誰都會覺得困惑。但是，久而久之妳就會上癮了。」

「魔王先生，你每次的說法都像個壞人一樣，到底是怎樣喵。」

米雅哈傻眼地喃喃道。

然而夏綠蒂依然一臉鐵青，她看著貼在沙包上的王子及父親的大頭照，肩膀也微微顫抖起來。

「但、但是……我並不……覺得生氣。」

「……就算他們將妳貶低到這種程度也不生氣嗎？」

為了找出這幾張照片，亞倫看過好幾份報紙。

也因此知道在鄰國尼爾茲王國中，夏綠蒂是個眾所皆知的「壞女人」了。

甚至還發出懸賞金的樣子，亞倫之前趕走的那些士兵們也說過「無論生死」這種話……那個國家已經沒有她的歸處了。

夏綠蒂的整個人生都被剝奪，尊嚴也遭到了踐踏。

然而她卻沒有說過任何一句怨言。

只是放棄似的笑著而已。

「……王子殿下跟父親大人想必都有他們的苦衷。」

「難道只要有苦衷，就能把妳當個破布一樣拋棄嗎？」

「……這也是沒辦法的事。」

夏綠蒂緩緩地搖了搖頭。

「父親大人對我有養育之恩，王子殿下則是有像我這樣的未婚妻……給他們添了麻煩，我覺得很抱歉。要我怨恨他們，我辦不到。」

「……」

看樣子問題的根源埋得太深了。

這個沙包只是亞倫擬定的計畫中小小的一環而已。

計畫大致上是這樣的。

一、讓夏綠蒂產生怨恨的自覺。

二、就這樣直搗鄰國，揭發王子的惡行。

三、洗刷夏綠蒂的冤屈，將那群惡人繩之以法。

四、迎來美好結局萬萬歲！

……然而，事到如今不得不捨棄這個藍圖了。

只靠這項計畫，應該無法治癒夏綠蒂的心。

畢竟她沒有好好面對自己的心。

太過習慣壓抑自己的心，讓她害怕表達出自己的感受，又或是已經放棄去感受了。

因為若是不這麼做，就沒辦法活到現在。

原本為了保護自己而做出來的殼，現在反而勒緊了自己的脖子。

就算洗刷了自己的冤屈，就算王子他們被定罪……別說是感到開心了，她應該還會覺得是自己害得他人陷入不幸而憂心。

這時，米雅哈悄悄地拉了拉亞倫的衣袖。

「魔王先生，我覺得插手別人的家務事說不上是多高尚的行為喵……」

她帶著顧慮看向夏綠蒂，壓低聲音悄聲說：

「我覺得還是……不要太逼迫夏綠蒂小姐比較好喵。」

「這點我也幾乎同意就是了。」

「『幾乎』？」

夏綠蒂的心傷得太深了。

必須花時間才能解決這件事。

然而……只靜待時間過去卻什麼也不做不符合亞倫的個性。

「夏綠蒂。」

「是、是的？」

他對一直低著頭的她喚道。

並輕輕握住那雙戴上拳擊手套的手。

「既然不打沙包……那妳就打我吧。」

「…………什麼？」

「啊～…………？」

不只是夏綠蒂，連米雅哈也睜圓了雙眼，僵在原地。

在一片沉寂中，亞倫歪過了頭。

「唔，妳沒聽見嗎？我叫妳打我。」
「魔王先生……原來你有這種癖好喵……」
「不要誤會，這也是壞壞的事情其中一環。」
面對怒目斜視地看著自己的米雅哈，亞倫只是聳了聳肩。
接著他朝夏綠蒂張開了雙手。
「來，把我當作沙包的替代品，狠狠地揍過來吧。」
「唔……為什麼要這樣做呢！」
夏綠蒂鐵青著一張臉喊道。不過，這樣的反應也一如預期。
她將戴著拳擊手套的雙手抱在胸前直搖頭。
「我無法做出那種事！你這麼照顧我……我辦不到！」
「沒有什麼辦得到還是辦不到。」
亞倫微微一笑。
伸出食指勾了一下，示意她「過來」。
「就是要做。」
「什……！」
剎那間，夏綠蒂的右手彈起來。
她就這麼沉下腰，使盡全力地揮下去——
「咕噗！」

「亞倫先生！」

一記漂亮的螺旋拳轟在亞倫的臉頰上。

他也因此彈飛了差不多三公尺。

天花板的塵埃落在難得打掃乾淨的客廳裡。

夏綠蒂慌慌張張地跑去倒在地上呻吟的亞倫身邊。

「剛、剛才那是怎麼回事……？拳擊手套竟然自、自己動了起來……！」

「呵……是魔法啊。我操縱了妳的右手，朝自己揍過來……這拳打得漂亮喔。」

「瞧你讓米雅哈看了什麼喵……」

雖然米雅哈用看著精神變態者的眼神望了過來，但現在並沒有去搭理她的餘力。

亞倫確認起自己的傷勢。

雖然嘴裡跟嘴唇都有點破皮，但牙齒跟骨頭都沒事。擦掉嘴角滲出的鮮血之後，他向一臉鐵青的夏綠蒂投以微笑。

「聽好了，夏綠蒂，唯獨這件事我要先告訴妳。」

「什、什麼事……？」

「無論妳再怎麼揍我，再怎麼踐踏我，或是再怎麼臭罵我，無論發生任何事情，我都不會對妳棄之不顧。」

「……！」

「哎喵……？」

夏綠蒂頓時語塞，米雅哈則稍微睜大了眼睛。

他想傳達的只有這件事而已。

亞倫是站在她這邊的。

無論發生任何事情，這點都不會改變，也不打算改變。

即使他也很明白要對一個前幾天才剛相遇的少女立下誓言，這可說是太過頭的告白，但他還是不禁說出口了。

「這裡不是埃文斯家，無論妳有什麼感受都沒關係，想說什麼都可以，這都是妳的自由。」

「自……由……」

夏綠蒂像是第一次聽到這個詞一般，茫然地脫口而出。

但她立刻就回過神來。

「難道你就是為了說這件事……讓自己挨揍的嗎！」

「當然啊，因為不做到這種程度，妳不會改變自己的想法啊，這就是所謂的衝擊療法。」

「拚命也該有個限度吧！」

夏綠蒂氣到整張臉都漲紅了，自從她來這個家生活之後，第一次露出這樣的表情。

（什麼嘛，該生氣的時候還是會生氣的啊。）

雖然覺得有些放心，但他沒有對夏綠蒂本人說。想也知道講了只是火上添油，更重要的是她生氣起來感覺有點可怕。

亞倫也只能感到退縮。

「是、是沒錯啦，但這種程度的傷勢馬上就能治好了，妳看。」
他對自己施以簡單的治療魔法。
結果臉頰腫起來的地方消退，嘴裡的鐵鏽味也徹底消失了。
「都好了，沒有發生任何無法挽回的事情，所以我希望妳不要害怕任何事情。」
「亞倫先生……」
夏綠蒂稍微睜圓了雙眼。
不過……她馬上又變回原本生氣的表情。
「但剛才弄痛亞倫先生的事實還是不會改變吧。」
「唔……是這樣……沒錯。」
「請你往後別再做這種事了，這樣不管有幾個心臟都不夠，知道了嗎？」
「好、好啦……」
亞倫只能畏縮地點頭答應。
他雖然總是天不怕地不怕，一旦嘗到夏綠蒂的怒火還是讓他很有感。
這時……夏綠蒂的表情稍微放鬆下來，微微一笑。
「……一直以來，我都害怕著各種事情，戰戰兢兢地活到現在。」
夏綠蒂感覺有些出神地這麼說。
「但是……已經沒關係了對吧。」
「……那是當然。」

他輕輕握住那雙手。

隔著拳擊手套，傳來了夏綠蒂的緊張。

她的眼神中帶著決心，緊盯著亞倫。

「或許沒辦法馬上做到……但我會努力的，我希望可以好好說出自己的想法。」

「唔嗯，不用急也沒關係。無論花多少時間，我都會奉陪到底。」

亞倫看著她笑了笑。

雖然大幅偏離了當初的紓壓計畫……但就第一步來說，感覺還不錯吧。

（夏綠蒂將從現在起重新開始，我就悠悠哉哉地守護著她吧。）

這時，他無意間看到無所適從地佇立在那裡的沙包。

也順便朝著站在一旁的米雅哈投以苦笑。

「抱歉了，米雅哈，妳都特地送過來了……看來這東西還要再過一陣子才會派上用場。」

「不不不，這沒什麼喵。」

米雅哈不知為何笑容滿面地搖了搖頭。

她端詳著亞倫的臉，呼嚕呼嚕地發著喉音一邊說：

「更重要的是，往後也要多多利用我們薩堤洛斯貨運公司喵。」

「嗯？當然會啊，但為什麼要特地這樣說？」

「因為，往後你應該會要用到各式各樣的東西喵！像是雙人床跟戒指……過不久可能連嬰兒用品都需要了喵！哎呀～身為送貨員可是滿心期待喵～！」

「為什麼我會需要那些東西……？」

「天曉得……？」

米雅哈自己講得很開心，相較之下，亞倫跟夏綠蒂只是面面相覷。

第四章 兄妹間的壞壞對決

初冬某個陽光和煦的日子。

有一道人影雙手扠腰地從遠方瞪著亞倫的房子。

「就是那裡啊……」

人影雖然盯著房子看了一段時間，最終還是下定決心，開始跨步邁進。

那眼神中帶著一道銳利精光……但森林裡當然不見其他人影，也沒有任何人特別留意。

差不多在同一時間。

「那麼，夏綠蒂！問題來了！」

「什、什麼問題？」

當兩人一起吃著午餐時，亞倫突然說出這種話。

夏綠蒂也因此依然拿著三明治，愣愣地睜圓了雙眼。

今天的午餐是簡單的三明治。只要將麵包跟食材切一切夾起來，看起來就滿像樣的簡單料理。

亞倫本來就不太講究飲食，但自從夏綠蒂來了之後，不只是營養層面而已，他也開始多少有點在意賣相了。

亞倫的雙手各拿起一個熱水壺。

一邊是咖啡，另一邊則是紅茶。

「妳喜歡喝咖啡還是紅茶？」

「呃，那就跟亞倫先生喝一樣的……」

「我喝的是難喝到吐的特製營養魔藥，妳真的要喝跟我一樣的嗎？」

「……請給我紅茶。」

夏綠蒂在經過一番沉思之後這麼答道。

亞倫滿意地開始準備紅茶。

「我昨天也有說過吧，妳要坦率一點，所以首先就從知道自己喜歡什麼開始。」

「只是選擇要喝紅茶還是咖啡而已，這樣說也太誇張了。」

「但是，妳至今都沒辦法自己做出決定吧。」

「這樣說……是沒錯啦。」

夏綠蒂小口小口地咬著三明治。

接著在無意間露出一抹苦笑。

「自己做出決定這種事……這幾年來的確就只有決定離家出走那次而已。」

「繼離家出走之後則是這個啊！接連都是很重大的決斷呢！」

亞倫輕聲笑了起來。

「要是不久後也可以培養出興趣就好了，如果妳有想挑戰看看的事就儘管跟我說吧。」

「想挑戰的事情……是嗎？」

夏綠蒂咬著三明治，茫然地想著。

亞倫也不知道她那雙眼中正看著什麼，便決定不多加干涉了。

不過……照這個狀況看來，距離要將塞到置物間的那個沙包拿出來的日子或許不遠了，總覺得有這樣的預感。

兩人沉默了一陣子。

能聽到的只有水煮滾的聲音，以及從外頭森林傳來的鳥鳴聲。

這些聲響調和在一起，緩緩度過一段平靜的時間——

「終～於讓我找到了！」

「咿唔！」

「呃！」

門扉被猛地打開之後，闖進家裡的人也隨之現身。

這讓夏綠蒂還坐在椅子上就彈了一下，亞倫則整張臉都皺了起來。

毫不客氣地闖進來的人，是個年紀跟夏綠蒂差不多的少女。

雖然個子嬌小，但前凸後翹的身材有著完美比例。

一雙大大的黑眼睛像在燃燒一般充斥著活力。

披在身上的長袍跟亞倫身上的很相似，但還加上了貓耳風格的創意點綴。

而且及肩的一頭黑髮也做了彩色挑染，胸口不但大大暴露出來，下半身穿的還是迷你裙。

與其說是魔法師，那副模樣還更像是個風格大膽的藝人。
「唉……在這麼忙的時候，來的偏偏是這個客人。」
看著熟悉的臉，亞倫只能嘆息。
在紅茶茶壺裡放好茶葉之後，再注入熱水。
配合突如其來的客人，份量也調整成三人份了。
「就當作是未來的參考，拜託妳讓我借問一下。妳到底是怎麼找到這個地方的？」
「很簡單啊，我從附著在信上的花粉調查出是在這個地區之後，再四處去問有沒有人知道一個怪人魔法師就行了。」
「嘖……多虧了正確的知識跟無謂的行動力是吧。」
下次一定要藏得更好。
亞倫抱持著這樣的決心，一邊泡著紅茶。
另一方面，夏綠蒂依然睜圓著一雙眼睛，畏畏縮縮地問道：
「那、那個……亞倫先生，這一位是？」
「我才想問妳是誰吧……不過算了，我就來自我介紹一下。」
少女挺起胸，堂堂正正地報上名號。
「我的名字是艾露卡．克勞福德！是哥哥的妹妹喔！」
「妹妹嗎！」
「嗯，但是繼妹啦。」

亞倫在自己的茶杯中放入好幾顆砂糖，一邊發起牢騷：
「所以妳是來做什麼的？難不成叔叔還想把我帶回去嗎？」
「怎麼可能，爸爸早就放棄了。」
艾露卡傻眼地這麼說，伸手拿起端過來的紅茶。
她站著一口喝光之後態度隨便地聳了聳肩。
「他說像哥哥這種獨行俠沒辦法擔任學院的職務，既然如此還不如讓你遊手好閒地過日子，同時發表研究結果，反而還能拿出更好的成果。」
「什麼啊，他很懂我嘛。」
「在我看來，只覺得他對你太好了就是了～」
艾露卡半瞇著眼瞪向亞倫。
這時，夏綠蒂輕輕地拉了拉亞倫的衣袖。
「亞倫先生稱作叔叔的人，卻是你妹妹的爸爸嗎？」
「對啊，我不就說了這傢伙是我的繼妹，我們沒有血緣關係。」
亞倫抬了抬下巴指向艾露卡。
實際上，她跟亞倫也不太相像。
說到共通點也只有髮色而已，但相較於艾露卡的黑髮，亞倫則是黑白各半。
「我還小的時候父母就過世了，所以被遠親的克勞福德家收養了，艾露卡則是他們家的女兒，跟妳一樣十七歲喔。」

「原、原來是這樣啊……我這樣追問你們的家務事，真是不好意思。」
「沒差啦，這些事情就算被人知道也沒關係。」
「有關係吧，我現在就感到非常困惑耶。」
艾露卡頂著一張臭臉直盯著夏綠蒂看。
「這個人是誰啊？哥哥的女朋友？」
「女……！」
這個瞬間，夏綠蒂的臉立刻紅到耳根子去。
她慌亂不已，交互看著亞倫跟艾露卡。
「不、不是的！但是，那個……呃，就是……如果妳覺得我們像那種關係，我是很高——」
「就是說啊，艾露卡，別說這種失禮的話。」
「咦……」
夏綠蒂不知為何，像是受到了打擊般僵在原地。
輕輕拍了這樣的她的肩膀，亞倫說道：
「要是被人誤以為她跟我這種個性有缺陷，又欠缺社會化的陰險天才魔法師在交往，夏綠蒂應該也會覺得想吐吧。為了顧好這傢伙的名譽，這點我可要明確否定才行。」
「我可沒有這樣想喔！」
「哥哥的自我評價偶爾就是太毫無破綻了～」
艾露卡感到神奇地摸著下巴，緊盯著夏綠蒂。

「既然不是女朋友，那又是誰？為什麼會跟哥哥住在一起？是志工嗎？登門銷售員？還是來招攬宗教信徒的？」

「這、這個嘛，呃……」

當然，夏綠蒂不知道該做何回答才好。

但亞倫卻若無其事地說：

「這傢伙叫夏綠蒂．埃文斯，是從鄰國逃過來的通緝犯。」

「等等，亞倫先生！」

「什麼……？」

艾露卡像完全無法理解般歪過頭。

亞倫向這樣的妹妹做了一番簡單扼要的說明。

像是夏綠蒂因為莫須有的罪名被國家通緝。

還有倒在路邊的時候被亞倫撿回家藏匿。

以及現在正在教她各式各樣「壞壞的事情」。

說明完之後，夏綠蒂一臉鐵青地對亞倫耳語：

「這、這樣好嗎……？」

「就算現在敷衍過去，這傢伙也會自己去調查。既然如此，老實地說明還比較省事。」

「但、但終究還是妹妹……她應該會擔心你吧……」

夏綠蒂帶著顧慮地看向艾露卡。

但過了一陣子之後，艾露卡吐出特大號的嘆息，並伸手扶上額頭。
「唉……我從以前就一直覺得哥哥是個笨蛋，但我錯了，你是個大笨蛋。」
「哦？怎麼說？」
「那還用說嗎！」
艾露卡伸出食指指向亞倫。
大聲喊道——
「重點不是給她吃東西，或是要她揍你……你應該要教她更多女生會覺得高興的壞壞的事情才對！」
「該吐槽的地方是這點嗎！」
夏綠蒂都盡全力吐槽了。
然而艾露卡不介意。
她緊緊握住夏綠蒂的手，一雙大眼泛出淚水。
「至今的日子應該過得很辛苦吧……！妳真的非常努力了，如果有任何我能辦到的事情都儘管說吧！我會盡全力幫妳的！」
「謝、謝謝妳……？」
夏綠蒂雖然感到困惑，還是怯生生地點了點頭。
「請問……妳願意相信我嗎？」
「咦，為什麼這樣問？」

「因為……那個……我自己這樣講也滿奇怪的……但是，我非常可疑吧？」

「不過哥哥相信妳吧？」

艾露卡稍微歪過頭。

接著，她臉上就換上了滿面笑容。

「那就沒問題啦。雖然哥哥是這副德性，唯獨分辨壞人的嗅覺真的跟狗差不多精準。」

「如果妳是要稱讚我，拜託誇得直接一點好嗎？」

亞倫只能半瞇著眼，埋怨地瞪著艾露卡。

差不多有一年沒見面了，她對待哥哥的態度還是一樣苛刻，而且跟亞倫一樣是個相當純粹的濫好人。但這樣的個性沒變，就某方面來講也讓他覺得很放心。

「所以說，妳來這裡真正的目的到底是什麼？」

「說穿了就是要來帶哥哥回家，但是……」

話說至此，艾露卡緊緊抱住了夏綠蒂。

「那種事情沒差了！我也要好好疼愛夏綠蒂！我要來教她壞壞的事情！」

「什麼……難不成妳要賴著不走？」

「那當然，反正我本來也是要來這個地區做點調查的。」

「調查……？」

艾露卡笑咪咪地向稍微歪過頭的夏綠蒂說：

「嗯，別看我這樣，我其實是魔法道具技師的實習生喔，是魔材系的。」

「魔……材……？」

「簡單來說，就是用魔物的骨頭或是皮製成魔法道具，所以會到世界各地蒐集素材～」

魔法道具有各式各樣的種類。

有些只將魔法注入一般的道具之中，有些則是用魔物的素材製作提高其威力，還有些是自然而然造就的東西……諸如此類。

艾露卡粗略地這麼說明，但夏綠蒂還是一副驚愕的模樣。

看樣子她十分不了解關於魔法的事。

「難道妳完全不知道關於魔法的事？」

「我、我只知道是一門方便的技術……不好意思，我的學識太淺薄了。」

夏綠蒂感到消沉地垮下肩膀。

她之前說過在家老是在學婚前教養，不然就是在做家事，應該沒有學習魔法的機會吧。

像要給她一點激勵，艾露卡換了個表情，對她笑了笑。

「這樣反而才有教的價值啊！哥哥想必也躍躍欲試了吧，該說是寶刀未老嗎？」

「寶刀未老？」

「隨便啦，我的事情現在不重要。」

亞倫嘆了一口氣，隨手揮了揮。

還順便瞪著艾露卡。

「妳要賴著不走是沒差，但妳說要教會夏綠蒂壞壞的事情？哈，笑死人了。」

「唔，你這是什麼意思？」
艾露卡皺起臉，亞倫則是揚起嘴角無畏地笑了。
他站到夏綠蒂的身後，輕拍了她的肩膀——如此宣示：
「最會教這傢伙壞壞的事的人就是本大爺啦！哪裡有才剛認識的妳出場的機會！」
「你說什麼——！」
「呃，咦？」
夏綠蒂睜圓著雙眼，交互看著他們兩人。
然而，艾露卡還是怒髮衝冠地跟亞倫互瞪。
「有些歡愉是只有女人才能教女人的好嗎！我會靠我的壞壞技巧讓夏綠蒂飄飄欲仙！」
「說什麼傻話！我可是從早到晚都在想要教夏綠蒂什麼壞壞的事！妳怎麼可能比得過我！」
「這到底是在講什麼啊……？」
身處於漩渦中心的夏綠蒂只能歪著頭，不解地看著兄妹倆繼續互瞪下去。
他們都知道這場脣舌之爭再吵下去也不會有結論。
「既然如此……那就一決勝負吧。」
「哈，真令人懷念，那就久違地來一場吧。」
兩人同時伸出了拳頭……碰在一起。
「就看誰有資格教夏綠蒂壞壞的事情……一決勝負吧！」
「求之不得啦！」

「咦咦咦……」

於是，三人來到城鎮上。

「為什麼啊！」

「怎麼，妳有什麼不滿嗎？」

見夏綠蒂喊出尖聲哀號，亞倫不解地微微歪過了頭。

這裡是距離亞倫居住的房子不遠的城鎮。

還算是有點規模，也因為附近有幾座程度不會太難的地下城，所以進出這裡的人也很多。米雅哈所屬的貨運公司總公司也位於這座城鎮。

現在是剛過中午的時段，大街上車水馬龍，很是熱鬧。

而城鎮一隅，夏綠蒂正躲在建築物的遮蔽處害怕地抖著身子。

她頭上還披著從亞倫家帶出來的破布，看起來相當可疑。

艾露卡聳了聳肩，若無其事地對這樣的夏綠蒂說：

「因為我跟哥哥要比比看誰才能討夏綠蒂歡心，待在那種陰森森的房子裡，能做的事情也很有限吧。」

「就當作正好出來採買一點東西吧，妳偶爾也該呼吸一下外頭的空氣。」

「但是，我……我可是通緝犯喔！」

夏綠蒂四處張望地環視了一圈。

但就這麼不巧，城鎮的公告欄上貼著好幾張通緝單。

當中最新的一張……正是夏綠蒂。

「我要是走出去，絕對會被抓走啦……我、我可不要……這樣會給亞倫先生還有艾露卡小姐帶來麻煩……」

「這種狀況下還在擔心別人啊，妳就是這樣。」

看了夏綠蒂哽咽抽噎的樣子，亞倫露出苦笑。

亞倫拿出手帕借她，盡可能地用溫柔的聲音對她說——

「沒事的，妳別擔心，儘管交給我吧。」

他輕輕碰了夏綠蒂的頭髮，隨後打了一記響指。

「『轉姿（Shave Shift）』。」

「咿呀！」

淡淡的光芒包裹住夏綠蒂的頭髮，很快就消散了。

拿了隨身鏡給她一看，夏綠蒂驚愕地睜圓了雙眼。

「我的頭、頭髮……！變成黑色的了！」

「沒錯，這是簡單的變裝魔法。」

夏綠蒂原本一頭美麗的金髮，染成了一片暗夜般的漆黑。

或許是覺得自己現在的模樣相當稀奇，夏綠蒂凝視著鏡中的自己。

「只要用這招換個髮型，妳的真正身分應該很難被別人發現，而且我們也會多注意的，妳放心吧。」

「謝、謝謝你。」

「嘿嘿～那編髮就交給我吧！」

艾露卡朝著夏綠蒂飛撲過去，開始隨著自己的喜好把玩起一頭長髮。

「嗯嗯嗯，非常適合妳喔！而且還是黑髮，跟我一樣呢！」

「是、是的，也跟亞倫先生……有一半一樣呢。」

「是沒錯啦。」

面對害臊地揚起滿面笑容的夏綠蒂，亞倫聳了聳肩。

順便盯著她的一頭黑髮看。

他佩服起自己的技術真好，不但色澤亮麗，就連一點分岔也沒有。

雖然這肯定是一頭漂亮的黑髮……

「但回到家之後，我就會馬上解開這個魔法喔。」

「咦？這、這樣啊……」

「咦——！為什麼！黑髮也很好看啊！」

「噗～噗～」地，艾露卡對此揚起了噓聲。

不知道是不是錯覺，夏綠蒂似乎也很失落。

但亞倫堅決不肯屈服。

「黑髮也不錯，但夏綠蒂還是適合金髮，我最喜歡的是那樣。」

「什…………」

夏綠蒂不知為何一時語塞，僵在原地。

艾露卡也睜圓雙眼，閉上了嘴。

這讓亞倫只能困惑地歪過頭。

「嗯？我說了什麼奇怪的話嗎？」

「…………沒、沒有，沒事……」

「不是吧，哥哥，你已經在賺點數了？」

夏綠蒂頂著通紅的一張臉垂下頭。

儘管艾露卡投來有些輕蔑的眼神，她還是動作俐落地將夏綠蒂的頭髮綁起來。

接著牽起夏綠蒂的手笑著說：

「好了，髮型這樣就完成了。我也不能輸給哥哥，因為我要盡全力教妳只有女生才能做的壞事！」

「只有女生能做的壞事……是什麼呢？」

「嘿嘿嘿～那還用說！」

艾露卡露出奸笑——指向大街。

聳立在眼前的，是一間怎麼看都像是女生會喜歡的店家。

「當然是時髦的打扮啊！不管是衣服還是飾品，我都會幫妳挑好挑滿！好了，走吧！」

「啊哇哇！請等一下啦！」

「喂，用跑的會跌倒喔。」

亞倫追在牽著手跑起來的兩人身後，無奈地邁步向前走去。

亞倫來這座城鎮的頻率差不多是五天一次。

主要是為了採買日用品跟食材，不然就是稍微去魔法道具店看看，或是到書店翻翻書……如果亞倫是自己一個人上街，也只會去這些地方而已。

所以他從來沒有想過自己會踏入這樣的店家。

「妳看妳看！夏綠蒂，這件也很適合妳喔！」

「咦！呃，那個……」

艾露卡不斷拿衣服給感到困惑的夏綠蒂。

亞倫則是站在距離她們幾公尺遠的地方緊盯著看。

盡全力掩蓋自己的存在感。

（雖然在進到店裡之前就知道了……但我在這間店裡太突兀了，好尷尬……）

環視了店內一圈，但男性客人只有亞倫而已。

其他全是年輕女性，大家都喜孜孜地尖聲喧鬧著。

店內裝潢完全是浮華的風格，寬廣的店內陳列了許多女性的服裝，就連鞋子及飾品類也都放在櫃子上展示。

這間店是街上數一數二受歡迎的時裝店……的樣子。

店內充斥著「陽氣」。

這對公認且自認是「陰沉」人的亞倫來說，完全是不同的世界。

「歡迎光臨～請問是陪同的客人嗎？」

「不、不用招呼我沒關係……」

年輕女店員笑咪咪地來招呼也讓他覺得很煎熬。

而且還不能逃出店外，因為還要跟艾露卡一決勝負。

看誰能討夏綠蒂的歡心。

亞倫跟艾露卡都是盡全力面對這種標準不明的較勁。

（現在回想起來，小時候也是這種感覺吧……）

亞倫是在九歲時被克勞福德家收養的。

那個時候的艾露卡年僅五歲，她不管彼此之間年紀的差距，跟著突然多出來的哥哥四處跑，並找各種事情跟他一決勝負。

像是賽跑、西洋棋還有魔法等等。

當然每次都是亞倫獲得壓倒性的勝利，但艾露卡還是毫不氣餒地繼續挑戰。

說不定那正是她努力想跟亞倫打成一片的結果。亞倫也有稍微反省自己一直這樣打敗她，是不是太孩子氣了。

「喂，哥哥！」

「嗯？」

抬起頭來，只見艾露卡半瞇著眼瞪了過來。

「不要站在那邊發呆啊。你看你看，夏綠蒂變身後怎麼樣？」

「哦……？」

「哈、哈嗚嗚……」

不知不覺間，夏綠蒂換上這間店販售的衣服了。

有很多荷葉邊的白色上衣，搭配款式輕柔飄逸的花紋裙子。

脖子上綁著一條質料輕薄的絲巾，看起來很清爽。

跟一開始相遇時她穿的那件禮服相比，這身衣服的布料跟設計都相當平民，然而這樣清純的打扮還是比較適合她。

不過……有一個重大的問題。

「這會不會……太短了啊……？」

「啊？這點程度還好吧，很可愛啊。」

艾露卡若無其事地這麼說，但夏綠蒂穿的那件裙子極為迷你。

白皙的大腿都露出來了，讓人的目光不禁緊盯著那裡。

不知道是不是因為最近亞倫會適度地提供她食物及點心，大腿看起來很健康又澎潤，肌膚也很光滑。

除此之外再無其他感想的亞倫僵在原地。

但艾露卡的狀況絕佳，她朝著夏綠蒂飛撲而去，蹭起她的臉頰。

「真的超～可愛！身材也很好，我的眼光絕對錯不了！超適合妳的☆」
「不、不過，穿這樣還是太害羞了……」
夏綠蒂忸忸怩怩地一直拉著裙襬。
她垂著眉，連耳根子都紅了。
應該是從來沒有穿過這麼短的裙子吧。
她彆扭地蹭起大腿，也泛起了淡淡的粉紅——
「咕呼……！」
「咦？亞倫先生！」
亞倫發出悶悶的沉吟，當場倒地。
夏綠蒂因此擔心地跑到他身邊。
「你、你沒事吧？難道是身體不舒服……」
「……不，我沒事。」
見她朝自己露出慘白的神色，亞倫虛弱地笑著說：
「只是因為需要讓心情平靜點，所以讓心臟稍微停止了一下而已。」
「那是可以隨便停止的東西嗎！」
夏綠蒂錯愕地喊道。
另一方面，艾露卡傻眼地聳了聳肩。
「哥哥還是會跟自然地做些亂來的事耶。來來來，夏綠蒂，不要管這個笨蛋了，接下來去試穿這套吧。」

「但、但是他的心臟剛才停下來了耶！去看個醫生比較好吧？」

「只是停個一兩秒而已吧，沒問題啦。好了，走吧走吧。」

艾露卡將堆成一座小山的衣服交給慌亂不已的夏綠蒂，把她推進試衣間。

她這不容分說的態度再加上高超的手段，讓亞倫不禁感到欽佩。

就這樣，待在試衣間外的只剩下克勞福德兩兄妹而已。

「那麼……」

艾露卡朝亞倫瞥了一眼。

「有什麼我可以幫忙的事嗎？」

「首先，我想知道尼爾茲王國的現況。」

亞倫緩緩站起身，撫著下巴。

就只隔著一道門簾而已。

為了不讓聲音傳進夏綠蒂耳中，他們細聲且平淡地交談著。

「我有成功擊退追兵過一次就是了，不知道他們是因此放棄繼續追蹤她的足跡，還是又展開搜索行動了，光是看報紙看不出這方面的動態。」

有好一段時間，報紙上都在大篇幅報導尼爾茲王國的事件，但最近幾乎沒看到這件事的新聞了。

這確實是一起話題性很高的事件，但要是沒有後續發展的消息，記者也無從寫成報導。

因此幾乎無法掌握那邊的情報。

要去找情報販子也是可以……但要是被人試探深究就麻煩了。

「所以妳可以幫我調查一下嗎？」

「交給我吧。爸爸應該也認識尼爾茲王國的人，我會暗中探聽一下。」

艾露卡眨了一下眼回覆亞倫。

「我再順便幫你調查看看那個王子，還有她家的一些事情好了？」

「……不用，這方面先不用查也沒關係。」

「哎呀，你是打算再放任他們一陣子嗎？即使如此，先取得一些情報還是很重要喔。」

「只要一調查……就會知道了吧。」

亞倫淺淺地嘆了一口氣。

說不想知道是騙人的，究竟蔑視夏綠蒂的是什麼樣的人？她至今又是受到了怎麼樣的對待？

然而，要是得知了這些事情——

「要是知道了，我就再也無法坐視不管了。我應該會連夏綠蒂的想法都不顧，就逕自闖進那個國家，所以現在還先不用調查沒關係。」

「喔～」

「……妳那是什麼表情？」

「沒有啊，只是想說哥哥也變了呢。」

艾露卡一邊竊笑著，戳了戳亞倫的側腹。

「你以前從來沒有在乎一個人到這種程度吧，這是一件好事喔。」
「……是嗎？」
亞倫不解地歪了頭。
的確除了家人以外，他很少對他人在乎，甚至擔心到這種程度。
只是……他不知道這為什麼會跟「好事」扯上關係。
「那我就只調查你說的事嘍，報酬是──」
「醜話先說在前頭，我可不會回老家喔。」
「我想也是～」
艾露卡傻眼般地笑了。
這時，她的視線朝夏綠蒂所在的試衣間瞥了過去。
「算了，這件事就再讓你拖一陣子吧，畢竟也有夏綠蒂的事情要處理嘛。不過相對的，你要來協助我製作魔法道具喔。」
「好啊，要是這點小事就能抵銷也划算。」
「太棒了！有哥哥在就萬夫莫敵啦～」
艾露卡很開心地笑著，並一邊狂拍亞倫的肩膀。
不但有能力又好溝通，真是個能幹的妹妹。亞倫打從心底覺得她不像自己是個陰沉的人，真是太好了。
「那個～……」

這時，從試衣間裡傳出了一聲輕喚。

（難道剛才那些事都被她聽到了嗎……？）

他們並沒有談到什麼不能讓她聽見的事情。

只是夏綠蒂要是聽了，表情肯定會沉下來吧，他再也不想看到那副神情了。

亞倫倒抽了一口氣，但相對的，艾露卡則語氣自然地回應道：

「嗯？怎麼了嗎？」

「不好意思……衣服背後的金屬釦有點不太好扣……」

「這樣啊，這樣啊！等我一下喔～」

艾露卡沒有任何遲疑地進到試衣間裡。

這害得亞倫連忙別開了眼睛。雖然從縫隙間看見了一點膚色，但他對自己施以洗腦魔法，徹底消去了那一瞬間的記憶。

亞倫默默地在門簾外聽著衣服摩擦的窸窣聲，以及女生們尖聲交談的聲音好一陣子。

「是不是脖子後面的扣環呢？我看看，妳可以稍微轉過去一下嗎？」

「這、這樣嗎？」

「嗯——……原來如此，這確實很難扣呢。」

一段平凡無奇的對話。

但亞倫在這時無意間皺起了眉頭。

（剛才艾露卡的聲音是不是有點含糊不清？）

好像發現了什麼，又有點像倒抽了一口氣的感覺。
不過那個變化相當細微，她掩飾得很好，夏綠蒂似乎完全沒有察覺。
亞倫不解地歪過頭。
在他還想不透的時候，門簾唰地拉開了。
夏綠蒂已經變身成跟剛才又不一樣的打扮，在她身旁的艾露卡也揚起得意的笑。
「哥哥，你看，這次也超可愛的吧？」
「……這次也露太多了吧？」
剛才是迷你裙，這次則是長度極短的熱褲。
剛才那樣的煩惱又要湧上心頭，他的視線若無其事地往上飄去。
上半身就還滿沉穩的，讓他鬆了一口氣。
這時艾露卡表露出無奈，更誇大地聳了聳肩。
「哥哥也太古板了吧。要是連這樣的攻擊力都沒有，女生可是連踏上戰場都辦不到喔。」
「世上的女性們是在跟什麼戰鬥啊？」
亞倫倒是希望她身上的布料可以再多一點，盡可能提升防禦力就是了。
「話說回來，妳剛才在裡面怎麼了嗎？」
「嗯～？什麼？」
艾露卡愣愣地裝傻回應道。
在亞倫看來，這樣的掩飾可說是破綻百出。但不知為何，他卻對要在這個時候深究這件事感到遲疑。

一股難以言喻的不安在亞倫心中擴散開來。

「總之呢，你先仔細看看夏綠蒂嘛，這套衣服的後面也很猛喔。」

「後面是指……背部嗎？」

「對啊對啊！設計超大膽的。」

艾露卡惡作劇般地對他拋了個媚眼。

她將手放上夏綠蒂的肩膀，像要替她護行一般示意。

「來吧，夏綠蒂，妳在這裡轉個圈讓他瞧瞧。」

「嗚嗚……但是，這件衣服讓人覺得很害羞耶……」

「不必多說了！看我的～！」

「呀哇！」

隨著艾露卡的手，夏綠蒂當場轉了一圈。

也因為這樣……讓亞倫說不出話來。

「如何如何？這件衣服從正面看來很普通，但背後挖了個大開口！超大膽又很時尚吧！」

「嗚嗚嗚……請給我布料多一點的衣服……」

夏綠蒂害羞地垂下了頭。

但她在無意間察覺了亞倫的反應，歪過頭問道：

「呃，咦？亞倫先生？怎麼了嗎？」

「喔，不，沒什麼。」

亞倫擠出了一抹笑容。

艾露卡走出了試衣間，亞倫便代替她站到那裡去。

他讓夏綠蒂轉過身，面向鏡子。

透過鏡子，亞倫對有些不安的她投以微笑。

「雖然是有點露……但我覺得妳穿起來滿好看的。」

「真、真的嗎？」

「對啊，拿出妳的自信吧。」

亞倫將手擺在夏綠蒂的肩膀上，露出淺淺一笑。

接著不讓她察覺地稍稍垂下視線。

背後露了一大片，肌膚接觸到了空氣，些微泛紅的那裡……有著許許多多的傷痕。

（……從形狀看來，是鞭子吧。）

大概不是處刑用的，而是只會留下傷痛及恐懼的那種鞭子。

雖然威力不足以傷到皮膚，甚至斷骨，但會打出很響亮的聲音，疼痛感也會持續很久。

每一道那樣的傷痕都執拗地留在穿上禮服後勉強可以遮住的地方，紅的、紫的、黑的，各種傷痕交錯的模樣就像是毒蛇纏繞著她的身體，並侵蝕著她的靈魂。

夏綠蒂應該沒有發現在自己身上看不到的地方，有這樣的傷痕吧。

所以亞倫……抑制著打從心底湧上、如熔岩般的怒火，勾起了笑容。

「嗯，好看是好看……『大治療（Healing）』。」
「哇啊啊？」
一道淡淡的光輝包裹著夏綠蒂。
剛才是改變了髮色，這次則是包覆了全身。
光輝很快就消失了，剩下愣在原地的夏綠蒂。
亞倫輕輕撫過她的背。
那些令人憤恨的鞭打痕跡已經消失得無影無蹤，白皙的肌膚上就連一點小傷也不復在，更不可能會留下。
亞倫對茫然的夏綠蒂露出了惡作劇般的邪笑。
「但妳背後有痘疤，我幫妳消掉嘍。」
「咿……！太、太丟臉了……」
「這沒有什麼，代表妳的身體很健康。我還順便幫妳全身做了養護，就連指緣的倒刺都治好嘍。」
「真不愧是哥哥！是簡易版美容師呢！」
艾露卡誇張地猛拍著亞倫的背。
多虧如此，剛才那件事順利成了兄妹倆藏在心中的祕密。
（這麼說來……她之前講過在學婚前教養時「老是被罵」吧。）
當時的亞倫無法精確地察覺到這句話的含意。

這是自己的失誤，除此之外沒有其他理由。

他回想起當初留下她並替她治療時的事情。當他問夏綠蒂覺得哪裡痛之後，只診斷了手腳擦傷以及營養失調的狀態，並施予治療。

那時的夏綠蒂並沒有說謊。

這也無可厚非，如果是那種形狀的鞭子，隔天就不會覺得痛了。

只會有痕跡像詛咒一般還留在她的身上。

因為莫名的顧慮就沒去確認她的肌膚狀況，亞倫對自己的思慮不周而懊悔不已。

但是，怎能預料到會有這種事情呢？

（就算是情婦生的……她還跟王子締結了婚約，對公爵家來說應該是一顆重要的棋子吧？到底是有什麼理由，要刻意這樣傷害她……！）

因為出身的關係遭人疏遠並受到冷落就算了。

但是從那鞭打的傷痕中，不得不讓人感受到超乎於此的憎恨。

他人會對夏綠蒂投以那種情緒的原因，實在教人難以想像。

即使如此，這也足以讓人預料到她至今的遭遇……亞倫的背脊竄過一股戰慄。

然而他完全沒將這樣的心境表現在臉上。

察覺到的人，應該只有站在亞倫身邊笑著的艾露卡而已吧。

說穿了，那些鞭打的傷痕可以用簡單的魔法消除得一乾二淨。

也就是說，夏綠蒂她……甚至沒有接受過這種程度的治療。

「原來如此……喂，艾露卡。」

「什麼事～？」

艾露卡露出了天真的笑容。

亞倫乾脆地對這樣的妹妹說：

「剛才說的那件事，我看還是徹底驅除好了。妳可以幫我這個忙嗎？」

「那當然，儘管交給我吧。」

艾露卡豎起了大拇指，笑咪咪地這麼回應。

就只有無法理解他們在說什麼的夏綠蒂有些困惑地歪過頭。

「是要驅除什麼呢？」

「喔，放在老家的書好像長蟲了，所以我拜託艾露卡幫我拿去曬太陽。」

「長、長蟲了是嗎……那連我也有點怕。」

「真巧呢，我也討厭到都覺得反胃了。」

看著夏綠蒂鐵青著臉垂下眉毛的樣子，亞倫揚起了別具深意的笑。

會感到害怕的東西，只有蟲或鬼怪那種程度的就好了。

除此之外的一切……亞倫都會徹底除掉。

在那抹笑容的背後，他下定了這樣的決心。

他還沒有打算告訴夏綠蒂這個決心，相對的，艾露卡似乎察覺了。她一邊輕撫著夏綠蒂變得白淨的背部，一邊眉開眼笑地說：

「好啦好啦～廢話就聊到這邊吧！時裝秀還要繼續進行下去呢！接下來去換上這件、這件，還有這件！」

「等等……那根本只是條綁繩吧？」

「這真的能稱作衣服嗎！」

「可以～可以啦，重點部位都勉強能遮住喔。」

艾露卡若無其事地說著，將不知道是衣服還是綁繩的東西硬塞到夏綠蒂手中。

看來會造成威脅的人物意外地就在身邊。

亞倫將綁繩推了回去，並如此斷言：

「身為監護人，我不允許比這件更露的了！由我來審查要給這傢伙穿的衣服！」

「噗～噗～！要耍嘴皮子任誰都會好嗎！哥哥如果不甘心，就去挑適合她的衣服來啊！」

「好啊！妳儘管在我迸發的品味面前瑟瑟發抖吧……！」

「咦！呃，什麼……」

就這樣，無視感到困惑的夏綠蒂，克勞福德兄妹間仁義之爭的熾烈戰火越演越烈。

第五章　在街上掀起一場不正當的騷動

在那之後過了兩小時。

三人在時髦的咖啡廳裡享受一段午茶時光。面向大街的露天席採光極佳，可以一覽來往的人潮，很是舒適。

「哎呀～買了好多東西呢！」

「唔嗯，是一段滿有意義的時間。」

「呼、呼咦咦……」

克勞福德兄妹一臉滿足的樣子。

但相反的，夏綠蒂卻是悶悶不樂的表情。

她的臉色鐵青，眼前的蛋糕套餐也幾乎沒有碰。

「唔，妳怎麼了，夏綠蒂？難道是還買不夠嗎？」

「相反好嗎！」

夏綠蒂大聲喊道。

她顫抖著手，指向堆在三人身後的一堆紙袋。

裡面全是買給夏綠蒂的衣服、飾品及鞋子。

不只是那間店而已，他們也另外逛了好幾間店，享受著櫥窗購物的樂趣。兄妹倆一直拿各種東西給她試穿，而且幾乎都買下來了。太過暴露的衣服亞倫都有確實剔除，因此紙袋裡裝的全是健全的款式。

不過，那些東西似乎成了夏綠蒂苦惱的原因。

「竟然為我一個人買了這麼多……！請不要這麼浪費錢！」

「可是這些全都很適合妳啊。」

亞倫若無其事地這麼說。

夏綠蒂穿什麼都好看。

無論是帶有女人味的輕飄飄款式，還是便於活動的休閒款式，甚至比較成熟的清純服裝，所有風格都很適合。

「我也想在家看妳做各式各樣的打扮，因此說起來，這些就像是為了我買的，所以妳就別放在心上了。」

「唔！嗚嗚嗚……」

夏綠蒂不知為何漲紅了一張臉，低下頭去。

亞倫也因此不解地歪過了頭。

「怎麼，妳那是什麼反應？」

「哎呀，天然呆真是厲害啊～」

艾露卡咯咯地笑了起來，並一邊咬下可麗餅。

雖然是個有滿滿的水果跟鮮奶油，分量十足的甜點，但她能靈巧地在完全不弄髒嘴邊的狀況下享用，讓人佩服真不愧是女生。

艾露卡瞇起眼睛，看向亞倫。

「但是，哥哥也太沒品味了。那件裙子是怎樣啊？太長了吧？」

「啊？只是剛好蓋住膝蓋而已，哪裡長了，那樣都還算短了喔。」

「你是老人家嗎？啊～真是夠了，不懂年輕時尚的人就是這麼討厭～」

「我倒覺得比起妳那種跟好色女差不多的喜好要健全多了。」

亞倫跟艾露卡互瞪著彼此。

夏綠蒂也因此開始慌張起來。

「不、不可以吵架啦，既然是兄妹，就請好好相處。」

「啊，抱歉，但這點程度還算不上是吵架喔。」

為了讓夏綠蒂放心，亞倫對她淺淺一笑。

當他還住在老家的時候，這點程度的對罵大概就跟打招呼差不多。

艾露卡也揚起燦爛的笑容。

「就是說啊，我們要是真的吵起來可是會見血的喔☆」

「一點也不想見到……」

「不過吵架啊……這也不錯呢。」

「難不成你是指『壞壞的事』嗎？」

「沒錯。」

夏綠蒂不太會表達自己的想法。

要是讓她體驗看看吵架的感覺，說不定在這方面多少可以得到一些改善。

就像前幾天的沙包一樣，讓她把自己當作練習對象臭罵一頓好像也可以……儘管亞倫產生了這樣的想法……

「不……吵架還是算了。」

「咦，為什麼？」

見艾露卡不解地歪過頭的樣子，亞倫一臉正經地回答。

如果是被揍的那種痛楚是沒關係，但要是針對精神層面的攻擊……

「因為感覺我會真的很消沉。」

「哥哥看起來很粗神經，但在奇怪的地方其實很玻璃心呢。」

「我、我不會做那種事情喔！」

夏綠蒂連忙喊道，並用認真的表情看向亞倫。

「吵架不是壞壞的事，而是不可以做的事，知道嗎？」

「知道了、知道了。」

亞倫苦笑地點了點頭。

他們一邊聊著這種事，悠哉地度過午茶時光。

回過神來，不知不覺間太陽已經開始西沉，路上往來的行人也變得不太一樣。

白天的時候多是一般市民，但現在多了許多看起來像從地下城歸來的冒險者隊伍。當夜幕降臨之後，他們就會到酒吧配著今天的冒險事蹟暢飲一番吧。

（……不知道夏綠蒂會不會覺得害怕？）

腦海中閃過一路追著她過來的士兵們。

仔細一看，四處都有穿著類似的沉重金屬鎧甲的冒險者，雖然夏綠蒂現在還看不出來有感到害怕的樣子……但時間也差不多了吧。

一口喝完剩下的紅茶之後，亞倫說：

「那麼，也差不多該回去了。」

「也、也是呢，已經到了晚餐時間嘛。」

夏綠蒂也猛點頭。

艾露卡卻高聲倒喝采。

「什麼——！夜晚才正要開始吧！你們看，我都已經把刊在旅遊書上的美食餐廳標出來了！」

「……妳還要吃啊？」

艾露卡剛才還在吃的特人可麗餅現在已經完全不見蹤影了，不像亞倫光是看到就覺得胃酸都要湧上來了，對她來說甜點似乎是另一個胃。

她將貼滿標籤紙的旅遊書攤開給夏綠蒂看。

「妳看，像這間店如何？好像是起司專賣店，有賣灑滿起司的披薩、起司鍋，還有包著起司的漢堡排！」

「起、起司啊……！」

夏綠蒂稍稍嚥下了口水，目光緊盯著旅遊書看。

她也才剛吃完蛋糕套餐而已，看來真的是另一個胃。

如此一來就是二比一了，亞倫決定靜觀其變。

夏綠蒂有興趣的話，陪她去吃也不錯。

關於這點是沒什麼意見，不過……

（……我的情勢是不是不太妙啊？）

看誰能討夏綠蒂的歡心，這場兄妹間不留情面的戰爭。

照現在的情勢看來，艾露卡壓倒性地占了上風。

就算輸了也不會怎麼樣，但身為夏綠蒂的監護人，這是一場輸不起的戰爭。

遭逢外敵當然就要排除。

不需要再對任何事情感到畏懼，只要能笑著過日子就好了。

至此已經是大前提了，但光是這樣還不夠，不讓她更幸福一點他可不會罷休。

唔——……正當亞倫這麼煩惱時。

「哦？」

忽然間，有個東西吸引了他的目光。

而且女生們的話題好像也剛好得出結論了。

「好～那我們就趕快走吧！當然就交給哥哥請客……哎呀？」

「艾露卡小姐？」

這時，艾露卡突然閉上了嘴。

笨妹妹沒有看向不明所以地歪過頭的夏綠蒂，逕自站了起來，沒有任何迷惘地直直穿過大街。

接著她猛地伸手抓住了在那裡的……一個身形消瘦的青年的手。

青年坐著輪椅，然而車輪卻離開地面，微微浮了起來。

「這位小哥！可以請你稍～微等一下嗎？」

「咦？有、有什麼事嗎……？」

「請問這麼狂的魔法輪椅是哪一間工坊的傑作呢？我從沒看過這麼帥氣的東西！」

「喔……妳說這個啊？也不是哪一間工坊……這是我自己做的……」

「真的假的！好～厲害喔！在我看來，動力應該是出自風的魔法對吧？而且透過這樣的素材搭配造就了如此穩定的動作，真的太猛了——」

「呃，那個……」

艾露卡逮住感到困惑的青年，在路邊就暢談起魔法。

從那雙閃亮亮的眼睛看來，她應該完全把亞倫跟夏綠蒂拋諸腦後了。

夏綠蒂本來愣愣地在旁看著她，後來也笑了出來。

「艾露卡小姐真的很喜歡魔法呢，真好，如果我也可以像那樣有個什麼喜歡的事物…………呃，咦？」

她話說自此，似乎才突然發現座位上只剩下自己一個人。

亞倫從隔了一段距離的地方朝四處張望的她喊道。
「喂～過來這邊。」
「啊，亞倫先生！」
回應他的呼喚後，夏綠蒂跑了過來——這裡是在咖啡廳旁邊擺起攤位的露天商販。
「妳好妳好～歡迎光臨～」
年輕的女老闆從正在看的書上稍微抬起視線，歡迎夏綠蒂。
但馬上就繼續埋頭於書本之中。
這是一處用布跟木材搭成的簡易攤販，在滿是破洞的屋頂之下，擺放著項鍊等商品。所有東西價格都是一枚銀幣，是一間典型的便宜雜物店。
夏綠蒂交互看著攤販跟亞倫，歪過頭問道：
「亞倫先生，你想買飾品嗎？」
「不是，只是看到有點在意的東西。」
這麼說著，亞倫伸手輕輕拿起一件商品。
那只是個普通的髮飾，上頭的裝飾是用碧藍的石頭刻削成花的形狀。每片花瓣都製作得很精細，是個飽含製作者心意的逸品。
在咖啡廳看到這個攤販時，目光立刻就被它吸引了。
亞倫將那個髮飾別在夏綠蒂的頭上。
盯了好一陣子之後……亞倫滿意地點了點頭。

「嗯，果然跟妳的眼睛是一樣的顏色。」
「啊！」
夏綠蒂恍然大悟地伸手摸了那個髮飾。
驚訝地睜圓的雙眼，就跟在她頭上綻放的小小花朵幾乎是同樣的顏色，因此非常適合她。雖然現在是一頭黑髮，在變回金髮之後想必會更加耀眼吧。
亞倫猛點著頭，向老闆問道：
「老闆，我想買這個。」
「好，一枚銀幣。」
「給妳，不用找了。」
「喔，謝謝光……呃，等等，這位客人！這可是金幣喔！再怎麼說也多太多了！」
「妳就收下吧，我的原則就是要支付相對應的報酬給端出好成果的人。」
朝著慌慌張張的老闆拋了個媚眼之後，他回頭看向依然傻愣在原地的夏綠蒂。
「這個妳也收下吧。不過，跟那些大量的衣服相比，算不上什麼就是了。」
「不……」
夏綠蒂還是愣愣地張著嘴。
她的臉頰有些泛紅，手也撫著那個髮飾。
「收下這個……最讓我覺得開心。」
「這、這樣啊……？」

有點超乎預期的反應讓亞倫感到困惑。

既然她覺得開心，那自己也十分高興。

然而，害臊的感覺更勝那樣的心情。

明明就沒有對自己施以死亡詛咒，心臟卻開始打起奇怪的節奏。

亞倫也因此語塞，兩人就這麼呆站在攤販前好一陣子。

老闆看著他們似乎想到了什麼，不但勾起竊笑，還吹了聲口哨——

「啊哈哈！是說啊——」

「呀！」

「唔，夏綠蒂！」

突然間，夏綠蒂不知道被誰推了一把。

這時亞倫連忙伸手抱緊她。

力道跟不久前在宅邸旁邊撿到她的時候稍微重了一點。他冷靜地目測著，一邊心想即使如此她還是太瘦了。

不過，體重的事情暫且不管。

畢竟……更麻煩的問題正擋在眼前。

「啊？怎樣啦，痛死了……」

「喂喂，怎麼啦？」

亞倫跟夏綠蒂的眼前站著兩個年輕男子。

他們看起來像從地下城回來的冒險者，胸前跟手腳都穿戴著簡單的防具。腰際掛著一把大劍。

雖然兩個都算是臉蛋滿端正秀麗的人……但言行舉止實在難以稱得上優雅，再加上單眼瞇起的眼神，給人一種粗野的印象。簡單來說就是典型的惡棍。

這兩個人都狠狠瞪著夏綠蒂。

「咿……！」

夏綠蒂微微倒抽了一口氣。

轉瞬間，她嚇得面如土色。

因此亞倫將她護在自己背後，向男人們投以柔和的笑。

「哎呀，是我同伴不小心，我代她向你們道歉。」

走路沒看前面而撞到夏綠蒂。

瞪了夏綠蒂。

讓夏綠蒂感到害怕。

將這些全部加總起來，差不多是足以將他們弄到半死不活三次，才能稍微撫平心中不滿的罪狀。

（但是……她都說不能吵架了。）

萬一將這兩個男人痛扁一頓之後，反而害夏綠蒂對自己感到害怕的話，那肯定會打從心底消沉不已。

所以他想盡量平穩地解決這件事情。
雖然這樣很不像亞倫的作風，但這次他想讓事情和平解決。
「等、等等啊，這位小哥……！」
「嗯？」
在跟男子們對峙時，那位女老闆向他喚道。
她甚至特意走出攤販，悄聲對亞倫耳語：
「這兩個傢伙是最近常在這一帶鬧出問題的隊伍成員，我勸你在事情變麻煩之前趕快逃吧，我會幫忙想辦法解決啦。」
「但這樣會給妳帶來困擾吧。」
「你不用擔心我啦。更重要的是，好好保護同行的那個女生吧。」
「抱歉，但這兩件事情都同樣重要。我不會給妳添麻煩的，請妳離遠一點。」
「真是的……後果會變得如何我可不管喔。」
女老闆一臉擔心的樣子，但還是退了回去。
但確實就像她講的，如此一來會被麻煩的傢伙盯上。
先將撞到夏綠蒂的人稱作惡棍A好了。
另一個就稱之為惡棍B，簡單地分類。
A用很沒禮貌的眼神，從亞倫的頭頂一路端詳到腳尖打量著他，表情還越加凶狠。
「沒看過你這傢伙……是這個城鎮的新手嗎？」

「也就是說，看樣子他也不知道我們就是那個岩窟吧。」
「我的確沒聽過那個名稱呢。」
冒險者總是會聚集好幾個人組成一支隊伍。
當中也有召集了很多人，幾乎可以組成一支小隊規模的隊伍。
這種團體的知名度會跟著提升……但閒居在郊外的亞倫當然不會知道這種事。
高傲地這麼回應之後，他對男子們說：
「總之呢，如果現在可以息事寧人就好了。」
「啊？你那是什麼態度……不。」
惡棍Ａ的太陽穴爆出了青筋。
但那很快就消去了，相對地，他露出了嘲諷般的笑。
「好啊，就饒過你吧，但我有個條件。」
「這麼好溝通真是太好了，你想要多少？」
「我有個比那更簡單的方法。」
惡棍Ａ出聲制止正要拿出錢包的亞倫，瞇起了雙眼。
而他盯著看的是……夏綠蒂。
「那個女人借我們一個晚上吧。」
「………啊？」
亞倫硬生生地僵在原地。

這句話的意思很明顯，也聽得懂。
但在腦中進行處理的時候，卻發生了嚴重的錯誤。
身體的熱意從指尖開始褪去，呼吸都完全停了下來。
不知道他們是怎麼看待亞倫的反應的。
但惡棍Ａ跟Ｂ都無視亞倫，對夏綠蒂投以猥褻的眼神。
「我看這是個上等貨嘛，剛好最近也跟那些出來賣的女人玩膩了。」
「怎麼樣啊，小妹妹，妳已經跟男朋友有過第一次了嗎？」
「第、第一次……是指什麼呢？」
「真的假的！現在這世道竟然也有這種女人！」
兩人下流的笑聲交疊在一起，響徹整個街道。
也因此讓往來的行人都停下腳步，注視著這邊。儘管任誰都能感受出非比尋常的氣氛，卻都對要不要出手幫忙感到遲疑。
即使如此，惡棍們也沒有放在心上。
他們甚至為了抓住夏綠蒂而伸出手。
「嗳，跟我們走嘛。比起那種便宜貨，我們會買更好的飾品給妳喔。」
「咿……請、請你們住手…！」
「不要客氣啊。儘管迷倒在我的高超技巧之下，讓妳見識何謂天堂──」
這番令人作嘔的話才說到一半就被打斷了。

回過神時，亞倫的拳頭已經深深陷入了惡棍Ａ的臉頰。

時間簡直像被拉長一樣，男人的臉緩緩地越加扭曲。夏綠蒂跟老闆，還有其他許多路人都驚愕地睜大了眼睛。

唉，結果還是出手了。

儘管內心抱持著這麼一點點後悔——

「去死吧，你這個垃圾！」

亞倫一點也不客氣地重重揮下拳頭。

轟！

惡棍Ａ狠狠撞上附近的牆壁，化作一塊巨大隕石坑的一部分。

雖然他一動也沒動，但應該還沒有死，因為不管再怎麼不情願，亞倫多少還是有控制力道。

「什……你這混帳……！膽敢這樣對待我的同伴！」

惡棍Ｂ滿臉怒色地拔出了劍。

這時一道火紅的烈焰寄宿在刀身上，那應該是帶有火系魔法的魔劍，這類武器也是一種魔法道具。

畢竟他在人來人往的路上拔出刀，周遭頓時喧嚷了起來。

然而亞倫卻是——

「你膽敢對我們家的夏綠蒂……！」

「唔！」

他完全沒有懼於四散飛舞的火花，衝進對手的胸前。

「膽敢用你的髒手碰到她一根寒毛……！」

省略掉所有咒語的冰魔法重擊了火焰魔劍，化解了它的力量。

「就等著被我用精細的手法將你們磨碎到連一塊肉片也不剩啦，混帳！」

最後揮出使盡全力的一拳。

那把魔劍不但應聲斷成兩截，這一擊也深深陷入惡棍B的肚子，他吐出骯髒的唾液，四散滿地，接著就這樣倒在地上動也不動了。

「呼～……爽快多了。」

亞倫神清氣爽地擦掉額頭上的汗水，就在這時。

「——太強了吧！」

「這位小哥，你很厲害嘛～！」

「幹得好啊！那種傢伙活該啦！」

屏氣凝神地在旁靜觀的路人們揚起一陣歡聲雷動。

那個攤販老闆也身在其中，盡全力地送上掌聲。

看來這些傢伙相當惡名昭彰的樣子，現場都沒有人擔心他們的傷勢。

「還好啦還好啦，謝謝你們的聲援……啊！」

亞倫落落大方地回應著圍觀群眾，但他突然回過神來。

隨後立刻轉向人在身後的夏綠蒂，並連忙向她低頭。

「抱、抱歉，妳明明說過不能吵架的，我還是忍不住出手了……是不是讓妳感到害怕了？」
「不、不會……」
夏綠蒂依然傻愣在原地，緩緩地搖著頭。
接著露出柔和的笑容。
「雖然不能動粗，但我知道你是為了救我，而且……」
夏綠蒂輕輕握住亞倫的手。
那纖纖手指沒有任何顫抖，有一股溫暖沁入心中。
「我才不會害怕亞倫先生呢。」
「……這樣啊。」
亞倫的心情這才終於踏實下來。
無論是被夏綠蒂討厭，或是讓她感到害怕。
看樣子是成功迴避了這些無法挽救的狀況。
（……哎呀？但我一開始應該是覺得夏綠蒂「很快就會討厭我並離開了」對吧……？）
而且，亞倫自己也接受了這樣的發展……才對。
這個想法在不知不覺間產生了變化。
這就是艾露卡所說的改變嗎？
「呵……原來是這樣啊。」
「什麼？」

「沒什麼，我這是怎麼了，看樣子我是寶刀已老了。」
亞倫將手放上夏綠蒂的肩膀，揚起笑容對她說：
「教妳壞壞的事情……似乎讓我教上癮了。」
「是、是這樣嗎？」
夏綠蒂不解地微微歪過頭。
很可惜，在亞倫的字典裡從來就沒有戀慕或是愛情這類的字詞。
因為他向來就是過著跟這類酸酸甜甜的經歷無緣的人生。
見亞倫一副格外爽朗的樣子，儘管夏綠蒂覺得不明所以，她還是立刻皺起眉，露出擔心的表情。
「但是……你沒有受傷嗎？」
「那是當然，我怎麼可能會比不上這種小嘍囉。」
「好厲害啊，原來亞倫先生這麼強，嚇了我一跳。」
「還、還好吧？」
夏綠蒂笑咪咪地誇讚著亞倫。
多虧如此，他的心情也跟著轉好，但是……她的視線很快就轉向那兩個倒在地上的垃圾，露出有些悲傷的神情。
「但是……這兩位要怎麼辦才好呢？要是放著不管，他們會感冒的。」
「……只要交給自警團就行了吧。」

雖然他其實是想將他們用草蓆捲一捲，丟到常有鯊魚出沒的海域，但畢竟是在夏綠蒂面前，就先放過他們。

正當事情就這樣告一段落的時候——

「你、你們兩個！那傢伙……！」

「啊？」

攤販老闆突然用急迫的聲音大喊。

朝她手指的方向看去，只見一道巨大的人影正悠悠地大步走來。

現場的喧囂也因此再次重回一片寂靜。

那個人物的腳步伴隨著地鳴聲來到亞倫他們面前……低頭看著不發一語的垃圾們，發出沉吟。

「這狀況是……看來我們家的年輕人受到你的關照啦。」

這麼說著，狠狠瞪著亞倫的是個岩人族的男人。

這個種族一如其名，身體是以礦物構成的。

身材相當高大魁梧，平均身高大概是人類的兩倍。那龐大壯碩的身軀所擊出的物理攻擊雖然套路單純，卻以強大的威力為傲。

眼前這個男人拿著木桶喝光了酒，就像將紙屑揉成一團一樣壓碎了木桶。

就算只是隨手揮一下，區區人類應該會被輕易轟飛吧。

（原來如此，他就是剛才那些垃圾說的什麼岩窟組的老大吧。）

仔細一看，他身後還有一群二十名左右的手下。

不論哪個傢伙都跟剛才亞倫打倒的惡棍們差不多模樣，而且全都朝他們這裡瞪過來。
情況可謂一觸即發。
看來，又要演變成麻煩的事態了。
「亞、亞倫先生……」
「夏綠蒂，妳別擔心。交給我……哎呀？」
對著開始顫抖的她投以微笑之後，亞倫揚起一邊的眉毛，突然陷入沉默。
他就這麼緊盯著眼前的巨人……一手握拳，輕輕敲在另一手的手掌上。
「你該不會是梅加斯吧？」
「……你為什麼會知道我的名字？」
「喔喔喔！真的是梅加斯啊！」
那個岩人族，也就是梅加斯一臉狐疑地皺起了臉。
然而亞倫沒有理會他這樣的反應，只是欣喜地找他攀談。
在他身後的手下們也都不明所以地面面相覷。
「哎呀，真是太懷念了！大概有七年沒見了吧，你過得好嗎？」
「是怎樣啊？這麼裝熟……我才不記得像你這種人類！」
「啊，看來種族不同，果然比較難分辨長相呢。」
亞倫輕聲笑了起來。
他也因為在意料之外的地方跟他重逢而感到雀躍。

接著他——正大光明地報上名號。

「是我啊，之前在雅典娜魔法學院的亞倫．克勞福德。」

「啊…………………！」

這個瞬間，梅加斯的龐大身軀像被雷打到一樣抖了一下。

不只是他的那群跟班，就連一臉擔心地在旁觀望的夏綠蒂還有圍觀的群眾們，全都不解地歪過了頭。然而……他們立刻就倒抽了一口氣，議論紛紛。

咚！

這是因為梅加斯當場就一股勁地下跪磕頭了。

他的額頭抵上地面，並用顫抖的聲音喊道：

「非、非常抱歉，沒能認出是大魔王殿下……！請原諒我的這番無禮！懇請原諒……懇請原諒！」

「該怎麼辦才好呢～」

無畏地笑了兩聲，亞倫還刻意地摸了摸下巴。

因為那個岩人族開始下跪磕頭，四周一口氣陷入了騷動。

其中更以他的跟班們最顯驚慌。他們紛紛對下跪後像一座小山的梅加斯喊話：

「等……！你這是怎麼了啊，老大！」

「就是說啊！這種弱小的傢伙，老大一拳就能搞定了！」

「你們給我閉嘴！不可以再刺激這一位大人了！」

「唔嘎啊啊啊啊啊啊！」

梅加斯抓起跟班們，硬逼他們下跪低頭……不，應該說是直接將他們壓上地面，整群人在轉眼間安靜了下來。

「呃，咦……？」

夏綠蒂也因此睜圓著眼，僵在原地。

「這究竟是什麼情況……？」

「咦～妳沒聽哥哥說過嗎？」

「艾露卡小姐！」

艾露卡在不知不覺間回到他們這裡來了。她似乎跟坐輪椅的青年道別了。

相對的，她抱著一疊厚厚的筆記。應該是將那張輪椅的材質，以及使用的魔法筆記下來了。

無論如何，艾露卡泰然自若地開始說了起來。

「我跟哥哥的爸爸啊，是這個國家規模最大的魔法學校……雅典娜魔法學院的理事長喔。」

雅典娜魔法學院是標榜有著幾百年傳統的名校。

據說只要是這所學校的畢業生，前途就是一片光明，因此世界各地都有學生蜂擁而至，跨越種族的高牆，在這裡學習魔法跟劍術。

「原、原來是這樣啊，難怪你們的魔法能力都這麼優秀。」

「還好啦～然後呢，哥哥他啊……」

艾露卡的話說到這裡便停頓了一下，帶著耐人尋味的眼神看向亞倫，揚起竊笑。

「他可是年僅十二歲就從那所魔法學院畢業，創下史上最年輕的紀錄，更就此在那裡擔任教師的天才少年喔。」

「……什麼──────！」

「咦？我沒說過嗎？」

聽夏綠蒂發出驚呼，亞倫不解地歪過頭。

因為他並沒有打算隱瞞這件事情。

「因、因為你說當我這個年紀的時候，你還待在學校……」

「對啊，待在學校擔任魔法實技教員。」

「我可沒聽說！」

夏綠蒂大喊起來。

這麼說來，他雖然有說過當時還在學校，但好像沒有提及是以教職員的身分。

話雖如此，那也是過去的事了。

亞倫露出淺淺的苦笑。

「我在三年前，當我十八歲的時候就辭去教職了。雖然我還滿喜歡那個工作的，可是待不下去了。」

「想必很辛苦呢……」

「對啊，把那些囂張的學生教訓一頓、矯正他們的個性之後，我在本來就很討厭參加的教授會議上被群起攻訐。」

「然後你還當場把那些教授教訓了一頓吧，那當然連爸爸也無法再幫你說話了。」

「……看來發生過很多事呢。」

「為什麼要換個感想重講一次？」

夏綠蒂稍微撇開了視線。

算了，這點就暫且不談。

「不過，你還是老樣子呢，梅加斯。」

「呃，是……」

亞倫帶著爽朗的笑容，一邊拍著維持下跪姿勢的梅加斯的頭。

既然是岩人族，臉當然也是岩石，因此很難看出表情的變化。

但現在的梅加斯很明顯地感到害怕。

因為抖個不停的關係，他的身體在摩擦之下，開始有砂石細碎地掉落。

亞倫裝作沒發現這件事，一臉和藹地繼續說下去：

「這讓我回想起第一次指導你時的事情，我記得你好像碎唸過什麼『區區這種小鬼，看我一拳就送他上西天』之類的話呢。」

當時的亞倫還是個年僅十四歲左右的孩子，梅加斯會瞧不起他也是無可厚非。

不過他將其他抱持反抗態度的學生也一起進行了一番教育指導，因此所有人後來都非常聽話就是了。

可能是回想起了當時的事情，梅加斯抖得更是厲害。

他像是要用額頭刨削地面般，一邊下跪一邊喊道：

「請、請原諒我啊，大魔王殿下！我並沒有想找你麻煩的意思！說到頭來，我根本不知道你就住在這個城鎮上……！」

「請問……『大魔王』是怎麼回事呢……？」

「嗯？那是他在當教師時的綽號。」

夏綠蒂悄聲這麼一問，艾露卡不假思索地回答。

所以亞倫被米雅哈用那個綽號稱呼時，才會很不情願。

魔王這種綽號，再怎麼開玩笑也要有個限度。

因為如此一來……不就等於「降級」了嗎！

但很久沒聽人叫起大魔王這個綽號了，或許是沉醉於那令人舒坦的感覺，亞倫咯咯地笑著。

「抬起頭來吧，梅加斯，你並沒有找我的麻煩。」

「那、那麼——」

「沒錯，是沒有找『我』麻煩。」

當梅加斯抬起散發著希望光輝的臉的瞬間，他的額頭迸出一大條裂縫。

周遭的溫度一口氣下降了。

就在緊張感四竄的狀況下，亞倫緩緩揚起了嘴角。

「你的手下們想傷害的對象，是我的……」

這時，他有些語塞。

（夏綠蒂是我的……什麼人？）

事到如今他才對這件事感到疑惑。

只是個寄食的？

第二個妹妹？

抑或是——

硬是抛開浮現在腦海中的詞，亞倫明確地說：

「我重要的女人。」

這就是現在的他能說出口的極限。

而漸漸西沉的最後一道夕陽光芒，這時也正好打在亞倫的臉上。

耀眼不已的火紅光輝點綴他的笑容……成了最適合被稱作大魔王的氣派一幕。

在那之後大概過了兩個小時。

就算到了已經完全日落，路上的魔力街燈也紛紛亮起的時候，面向大道的店家反而更顯熱鬧。

「我們回來嘍，哥哥～！」

「喔，回來啦。」

亞倫一個人在咖啡廳的露天席喝著紅茶時，艾露卡她們回到這裡來了。

兩人都帶著滿臉笑容，肌膚看起來也很有光澤。

「哎呀～起司專賣店真的超好吃，我們兩個吃了很多呢！」

「對、對啊，吃到肚子好撐。」
「唔嗯，那就太好了。既然如此，我看也差不多……嗯？」
亞倫才對夏綠蒂投以笑容，眼神忽然停留在大街上。
這時他猛地站起身來，深深吸了一大口氣之後——
「那邊的傢伙！竟然敢偷懶啊！垃圾給我撿乾淨一點！」
「是、是的！非常抱歉！」
原本在伸懶腰的一個惡棍渾身抖了一下，深深地低頭道歉。
也因為這聲怒吼，讓四散在大街上各處的惡棍們以及梅加斯都鐵青著一張臉，抖個不停。
雖然每個人都破破爛爛又遍體鱗傷的，但他們無一不是在撿垃圾或替長者提重物，就是在刷洗牆壁上的塗鴉之類的，勤奮不已。
先前給街上的人們帶來許多麻煩的蠻橫冒險者小隊的模樣早已不見蹤影。
現在完全是個社會奉獻團體。
這是在夏綠蒂跟艾露卡一起去吃飯的這段時間內，亞倫充分地進行了一番調教兼教育的成果。
「不是我在說，客人你的手法真的非常高明呢。」
「喔喔，是老闆啊。」
攤販的老闆似笑非笑地對亞倫搭話道。
看來她已經將攤販收拾好，準備要回家了。
老闆看著梅加斯他們，感慨萬千地瞇起了雙眼。

「那些傢伙到處跟人起爭執，還會隨手亂丟垃圾，大聲喧擾更像是家常便飯……大家真的都拿他們沒轍，沒想到那些人能有這麼大的轉變啊。」

「不過，究竟是怎麼辦到的呢？」

夏綠蒂微微歪過頭，不解地問道。

結果攤販老闆「呃～」地回應，露骨地撇開了視線。

「總之……大魔王這個名號應該也在城鎮上穩固下來了。看見那種狀況，應該不會再有人想對你刀刃相向了才是。」

「唔，那樣還算手下留情了耶。」

「這兩小時究竟發生了什麼事……」

雖然夏綠蒂更加感到不解了，但她也不打算繼續追問下去。

亞倫對攤販老闆聳了聳肩。

「反正妳也不用想太多啦，我只是做了個人的復仇而已。」

「哈哈哈，真是個有趣的人。」

攤販老闆快活地笑了起來，看向夏綠蒂。

「有個這麼可靠的戀人真是太好了呢，他很珍惜妳嘛。」

「咦！那個……」

「呃，老闆，我們不是那種……」

兩人絕非那種親密的關係。

今天中午才泰然自若地對艾露卡講過的這句話，不知為何，這時卻無法從喉頭的深處順利地說出口。

亞倫跟夏綠蒂也因此雙雙沉默下來。

不知道是怎麼解讀兩人閉口不語的反應，攤販老闆笑了出來。

「喔喔，原來如此……是那樣嗎？」

「好像是呢～」

艾露卡也莫名附和她，一邊應聲地點著頭。

那是什麼反應啊？

就連這種吐槽也沒辦法好好說出口，不一會兒，攤販老闆低頭致意了一下便回去了。

像是要帶過這種尷尬的氣氛，亞倫一口氣喝光涼掉的紅茶。接著，他輕咳了兩聲。

「呃，那麼……要回去了嗎？」

「好、好的，也差不多了呢。」

夏綠蒂也是動作生硬地點了點頭。

兩人明顯都很在意剛才攤販老闆所說的話……但他們都沒有想提及這件事的意思，也沒有勇氣提起。

總之，亞倫朝著大道大喊：

「那麼……喂，你們這些傢伙！我要先回去了……要是敢偷懶，詛咒立刻就會發動喔！給我打從心底回饋社會！」

「「「遵、遵命！」」」

一群惡棍們齊聲回應道。

亞倫對他們所有人施加的是輕微的詛咒，不會致死，頂多只是打嗝停不下來而已。但因為沒有告訴他們詛咒的效果為何，所以帶來的恐懼感想必很大。

之後就算沒有在這裡監視他們，應該也會逕自致力於志工活動才是。

「那我們走吧。回去之後，還得先整理出一個房間給艾露卡睡呢。」

「呃～不用了啦。」

「啊？」

艾露卡乾脆地這麼說，讓亞倫睜圓了雙眼。

「妳不是要賴在我家喔？還是說妳要回老家了？」

「不是，我在鎮上訂了旅館，所以不會回哥哥家。」

「為、為什麼呢？」

「哎呀，因為要跟哥哥住在同一個屋簷下會讓我喘不過氣嘛。」

艾露卡若無其事地答道，高舉起她自己那一份的購物袋。

揚起笑容後眨了一記媚眼。

「但我會很常跑去玩的啦，到時候可要好好招待我喔。」

「……那勝負就擇日再定嗎？」

「不了，就當作是我輸了吧～」

「什麼！」
看誰能夠灌輸夏綠蒂壞壞的事情，一場不留情面的戰爭。
本來應該要花上今天一整天的比試，卻立刻就分出勝負了。
然而，這場勝利卻讓亞倫覺得很不情願。
「這樣的結果我也無法接受！這是為什麼！」
「你自己想啊，這是你的功課。」
艾露卡笑咪咪地留下這句話，朝著夏綠蒂揮了揮手。
「那就改天見嘍，夏綠蒂！哥哥就麻煩妳照顧了！」
「好、好的，不過，應該相反才是吧……？」
夏綠蒂儘管感到困惑，還是揮手回應了艾露卡。
艾露卡就這樣消失在人群之中……只留下亞倫跟夏綠蒂。
直到昨天也都是這樣兩人相依共處的，並不見任何改變。
本應如此的……但不知為何，彼此明顯都很在意對方。
好難為情。
然而，這種尷尬絕非令人感到不悅的那種——
「……我們也回去吧。」
「也、也是呢。」
反覆著跟剛才幾乎一樣的對話，兩人還是舉止生硬地踏上了歸途。

跟亞倫他們道別之後，艾露卡腳步輕盈地朝旅館走去。

「哎呀～玩得真開心，哥哥感覺也很有精神，真是太好了。」

她將雙手交握在頭的後方，仰望著天空自言自語。

照亮夜空的是將要轉化滿月的美麗月亮。

雖然在城鎮中比較難看見天上的星星，但也是個不錯的美景。

一邊仰望著，艾露卡回顧起今天的事情。

結果，她的嘴角自然而然地揚起了笑容。那是帶著一點自嘲的淺笑。

她是真的想讓夏綠蒂玩得開心。當然，也壓根沒有要敗給亞倫的意思，那些逛街行程都是以此為目的盡全力安排的。

但是……她從本質上就誤判了一件事情。在挑戰亞倫之前，早就勝負已定了。

「就算說要教她壞壞的事……我能教的，頂多也只有讓她懂得打扮自己還有享受美食而已。」

這兩件事情感覺都讓夏綠蒂相當開心。

順利進行下去的話，獲勝的應該會是艾露卡吧。

然而……那樣帶來的喜悅一旦跟亞倫給予的東西相比，就會被遮去光芒。

因為他送了髮飾嗎？

因為他保護了她，不受到惡棍欺負嗎？

不，光是如此，艾露卡也不會輕易認輸。

定出勝負的當然是——

「能教她『戀愛』這種壞壞事情的，只有哥哥而已了啊～……哎呀。」

這時，艾露卡無意間停下了腳步。

定睛一看，路邊一隅正好發生了某起事件。

「那邊那位小哥！你有沒有遇到什麼困難呢？」

「請你幫幫我們吧……！不然我們會被詛咒害死的！」

「咦……你們有什麼事嗎……」

那個乘著輪椅的青年被惡棍們纏上，正感到頭痛不已。

艾露卡先是在一旁靜觀其變……隨後無奈地聳了聳肩，為了幫青年一把而走向前去。

第六章　壞壞上街初體驗

事情發生在初夏的某天早晨。
米雅哈一如往常地送貨到在一片陰天底下的亞倫家。
「早安啊～……啊喵？」
手上拿著的是小包裹及報紙。
跟平常一樣手中拿著貨物的她，唯獨這一天睜圓了雙眼。
那也是無可厚非的吧。
畢竟……亞倫正雙手抱頭，屈膝坐在玄關前。
「你、你坐在這種地方是怎麼了喵，魔王先生？」
「……是米雅哈啊。」
聽見語帶關切的聲音，亞倫抬起了蒼白的臉。
他的眼睛下方出現了深深的黑眼圈，自己不用看也知道十分憔悴。
回應的聲音也有些嘶啞，好像隨時會倒下一樣。
因為他幾乎煩惱了一整個晚上，會變成這樣也是沒辦法的事。
「要我說幾次才聽得懂啊……我不是魔王，是大魔王好嗎……」

「不是嘛，魔王先生感覺就是魔王先生喵。」

「聽不懂妳在說什麼鬼話……」

「就連吐槽也一點氣勢都沒有喵～究竟是發生了什麼事喵？」

「呀呼～哥哥！可愛的妹妹來找你玩嘍！快來接待我吧！」

「啊喵？」

這時艾露卡也吵吵鬧鬧地跑來了。

米雅哈的耳朵輕顫了一下，面帶笑容地低頭向她打招呼。

「早安喵，艾露卡小姐。」

「早啊，米雅哈！今天也是個好貓耳呢☆」

「哎呀呀，真是害臊喵～」

透過亞倫認識的這兩個女生，現在已經要好到時不時就會在城鎮上見面，甚至一起喝茶了。

她們開心地打著招呼，話題也很自然地轉移到亞倫身上。

「是說，這是怎麼啦？」

「天曉得～？米雅哈來的時候，他就是這個狀態了喵。」

「喔～……我看啊，哥哥。」

艾露卡的眼神亮了起來，直直伸出食指。

「說穿了，你跟夏綠蒂之間發生了什麼事吧！」

「咕……妳、妳為何會知道！」

「不，我才想反問哥哥，除此之外還有什麼會讓你這麼不知所措的事嗎？」

「畢竟基本上所有事情都會靠自己強制解決喵～」

不顧亞倫慌張的反應，兩個女生若無其事地做出反駁。

但她們這麼說也沒有錯。

除了夏綠蒂以外，不可能有其他事情能讓亞倫苦惱到這種地步。

而且，這次是非常麻煩的狀況。

「你跟夏綠蒂小姐吵架了喵？」

「如果是吵架還比較好……」

米雅哈這麼一問，亞倫自嘲地笑了笑。

接著，他這才開始概略地談起昨晚發生的事情。

昨晚，兩人一起吃完晚餐之後，亞倫對夏綠蒂說：

「嗳，夏綠蒂，自從妳來到這裡也已經過一個月了。」

「已經……這麼久了啊。」

喝著紅茶的夏綠蒂感慨萬千地嘆了一口氣。

短短一個月，卻也已經一個月了。

似長又短的一段時間。

夏綠蒂像是回想起了至今這段時間發生的事，感覺有些茫然地陷入沉默。

這時……亞倫露出滿面笑容。
「也就是說……今天是發薪日！」
「……咦？」
看到亞倫隔著桌子遞出一個皮製的小袋子，夏綠蒂睜圓了雙眼。
經過三秒左右，她似乎察覺到在那之中裝著什麼。
接著猛地推開椅子站了起來，不斷搖著頭。
「竟、竟然要給我薪水……！這我可無法收下！」
「有什麼好驚訝的？我都說要僱用妳了，當然會支付薪水啊。」
「但是我……我能做的事還只有打掃而已喔。」
她最近也有在學習做料理，但頂多只能做出怎樣都會燒焦的荷包蛋跟口味清淡的湯。
也就是說，論廚藝，她跟亞倫還是同等級的。
夏綠蒂感到很虧欠又消沉地垮下了肩膀。
「我不覺得有幫上你的忙到可以收錢的程度，不如說，我才該給你房租才對……」
「說那什麼話，妳每天都有確實地幫我打掃吧。多虧如此，家裡一點塵埃也沒有，舒適得很。」
就算是垃圾堆，亞倫也能住得很自在，但他並不討厭舒適的地方。
多虧夏綠蒂精心地打掃每個角落，他的生活品質提升了好幾個層級。
「所以說，這些是因應妳的工作表現所給予的正當代價，妳就收下吧。」
「……好的。」

可能是深知亞倫有多固執，夏綠蒂畏畏縮縮地收下了皮袋。接著她看了一下袋子裡，大吃一驚。

「五、五枚金幣！這未免也給太多了吧！」

「是嗎？我還想說妳可能會不敢收下，所以減少了許多耶……」

「你原本是放了多少啊！」

雖然沒有數過總計放了多少，但原本是裝到袋子感覺都要撐破一般，塞得滿滿的。

這麼一說，夏綠蒂更是明顯地做出不知所措的反應，於是亞倫若無其事地轉開了話題。

「總之，妳要拿去存起來也行，但就算只有一點也好，我建議妳拿去花看看。以前應該也沒有什麼錢可以給妳自由運用吧。」

「這樣說……是沒錯。」

無論日用品、衣服還是鞋子，基本上亞倫都有買給她了，所以並不缺什麼東西的樣子。

然而，夏綠蒂向來不太會主動說出自己想要什麼。

這對於寄人籬下的她來說或許是理所當然，但看在亞倫眼裡很不是滋味。

「看妳有沒有什麼想做的事情，或是想要的東西，什麼都好，就儘管拿去用吧。」

「但是，我沒什麼特別想……啊！」

這時，夏綠蒂像是想到了什麼似的發出一聲驚呼。

她交互看著手中的皮袋及亞倫，嚥下了口水。

總覺得是個奇妙的反應……但她似乎想到該怎麼使用這筆錢了。

夏綠蒂端正了坐姿，由下往上抬起眼看著亞倫。
「那麼，就是……如果可以的話……」
「喔，怎麼，妳想到什麼都說看看吧。」
這將是夏綠蒂第一次明確地將自己的心願說出口。
懷抱著這樣的預感，亞倫欣喜地催促她說下去。
然而夏綠蒂一臉緊張的樣子說出口的話，讓他倒抽了一口氣。
「我想要自己一個人……到街上去。」

回想結束。
昨天光景在腦中清晰地浮現，讓亞倫只能抱頭低吟。
「送那傢伙自己一個人上街這種事……簡直就像丟一塊霜降肉到關著猛獸的籠子裡一樣！我絕對不可能答應！」
她說不定會像前幾天那樣被惡棍纏上，又或是在街上迷路。
也許會跌倒受傷……甚至被人發現真面目並遭到逮捕。
掠過亞倫腦海中的淨是不好的想像。
「但我又想盡可能實現夏綠蒂的心願……我到底該如何是好……唔？」
這時，他忽然想知道聽他傾訴的兩人有什麼反應，抬起了頭。
「竟然～那間鬆餅店有這麼難吃啊？我看他們每天都是大排長龍耶～」

「幾乎都是暗樁喵。要去那間店的話，還不如去吃小巷子裡的──」
「妳們兩個！聽我說啊！」
艾露卡跟米雅哈徹底忽視亞倫，逕自聊起閃亮亮的女子話題。
被這麼一喊，兩人愣了愣並對視了一眼，但馬上就異口同聲地嘆了口氣。
「不是，聽你說話實在太無聊了喵。」
「什麼無聊！妳說無聊是什麼意思啊！我可是很認真地在苦惱耶！」
米雅哈平淡的反應讓亞倫猛地站起身來。
另一方面，艾露卡則是摸著下巴沉吟道：
「不過，夏綠蒂難得會說出這種話呢。她應該會擔心被人發現真面目、遭到逮捕後，會給哥哥帶來麻煩而選擇忍耐才對。」
「……是啊，那個時候她好像也是立刻想到了這點，所以就收回了……」
夏綠蒂一臉消沉地苦笑說著「請你忘了剛才那件事吧」。
但那寂寥的表情在亞倫的心頭點起了火焰。
亞倫的背靠上門扉，雙手摀住了臉。
「一旦聽她這樣講……就會讓人再怎麼勉強也想替她實現啊。」
「於是你就輕易答應她了吧～」
「真是個難搞的人喵～」
艾露卡跟米雅哈都無奈地聳了聳肩。

看她們那種打從心底感到無所謂的態度，亞倫雖然覺得火大，卻也無從反駁，因為她們說的確實沒錯。

以結論來說，在那之後他立刻就答應讓她自己一個人出門了。

只要有亞倫的魔法，就絕對不會被人發現真面目，這樣說服她了之後，夏綠蒂似乎也放心了。她用開朗的表情笑著，重新下定了要出門的決心。

然後，今天就是夏綠蒂啟程的日子。

話說至此，艾露卡用一本正經的表情「啊？」了一聲。

「不是，說什麼啟程啊，也太誇張了。從這裡徒步走到鎮上也只要二十分鐘左右吧。」

「還是一段很遠的距離啊！夏綠蒂要是在這麼難走的森林裡跌倒了該怎麼辦！」

「完全是一臉鐵青又過度保護的新手爸爸樣喵。」

兩個人都用有些冷淡的眼神看向亞倫。

話雖如此，就連到這附近散步，亞倫也總是會陪在她身邊。

除了私人時間，兩人幾乎都待在一起，她不曾離開過自己的視線。

現在卻要將這樣的夏綠蒂，獨自送進徒步要走二十分鐘的魔窟。

說真的，光想想就快瘋了。

（但這是夏綠蒂第一次想做的事……！要是不讓她實現心願，就稱不上是男人了……！）

更何況，夏綠蒂現在正在家裡準備啟程。

面對從一早就著手進行各種準備的她，怎麼可能說得出「果然還是不能讓妳去」這種話。

儘管亞倫生性粗神經，對他人的評價絲毫不在意，卻絕對不想做出會讓夏綠蒂感到悲傷的事。

這時，他忽然察覺到自己心境上的改變。

（……總覺得最近越來越在乎那傢伙了，這是為什麼啊？）

不但希望她能笑口常開，也不想看見她哭。

這跟一開始就抱持的想法一樣。

但那樣的心情卻膨脹了好幾倍。

亞倫不太明白箇中的理由……但總覺得會開始想些不像自己會想的事，連忙趕跑那樣的思緒。

見到亞倫這副德行，艾露卡露出傻眼的表情。

「再說了……哥哥的煩惱很簡單就能解決了啊。」

「什麼……？」

「就是說喵。」

米雅哈也點了點頭。

「想讓她自己去，卻又覺得擔心……既然如此，魔王先生該做的就只有一件事了喵。」

「我……該做的事……」

亞倫沉思了一陣子。

接著……伴隨一聲驚呼，腦中閃過一個好點子。

「……！只要偷偷跟在她身後保護她就好了！」

「這個人為什麼會連這種程度的事都想不到啊……」

「哎喲，不都說這樣那樣會使人變笨喵。」

即使被兩個女生當面說著壞話，亞倫還是燃起了新的決心。

就這樣，今天要做的壞壞事情決定了。

也就是……獨自上街。

在那之後過了一個小時。

夏綠蒂已經做好萬全準備，站在玄關了。

她的頭髮已經染黑，揹著一個小包包。頭上戴著前陣子亞倫送給她的髮飾，一看就知道是要上街的打扮。

然而，她的表情相當嚴肅。

緊盯著鏡子，仔細確認自己的模樣。

「真、真的沒問題嗎……會不會被人發現是我呢？」

「當然沒問題。除了我以外，沒有人可以解除這個魔法，放心吧。」

「……既然亞倫先生都這麼說，那就沒問題了。」

夏綠蒂換上了柔和的笑容。

接著下定決心般，朝著門外踏出了一步。

正前方可以看見的，是一條從亞倫家通往街上的細細小徑。

夏綠蒂的臉上帶著一點緊張感，回頭看向亞倫。

「那麼……我出門嘍，我會在太陽下山之前回來的。」
「嗯，可以的話，就隨便買個晚餐回來吧。」
「好的！」
夏綠蒂低頭行了一禮，踏著謹慎的步伐緩緩向前走去。她的背影看起來很不安……但與此同時，也能讓人感受到要做出新挑戰的堅強意志。
在陽光的照耀下，那道身影就如畫一般。
這也讓亞倫不禁壓著眼頭。
「嗚嗚……！那傢伙直到不久前還那麼缺乏自信，是個像人偶般的少女……不知不覺間已經可以那樣靠自己的雙腳邁進了……！」
「你是站在什麼立場這樣想的啊？」
「感覺滿噁心的喵。」
方才先躲起來的艾露卡及米雅哈在這時現身，投來冷淡的眼神。
話雖如此，亞倫還是感到很滿足。既然可以看到夏綠蒂那樣的背影，也讓他打從心底覺得有讓她出門真是太好了。
不過……在這之後才是重頭戲。
長袍飄揚而起，亞倫伸出手指，直直指向夏綠蒂前進的方向。
「好了，總之任務開始！我們要盡全力在暗地協助夏綠蒂上街！」
「既然會給打工薪水，米雅哈也毫無怨言喵～」

「我是為了帶些小插曲回去告訴爸爸媽媽的～」

就這樣，亞倫帶著兩個伴，意氣風發地前往城鎮了。

但得悄悄地，小心留意，絕對不能被夏綠蒂發現。

那麼，今天街上也是熱鬧非凡。

早上雖然有點陰天的感覺，但伴隨著太陽的高升，藍天也占了優勢，點綴出絕佳的購物好天氣。

夏綠蒂抵達人山人海的主要道路之後，淺淺地發出感嘆。

「哇啊……我真的自己一個人來到這裡了。」

從亞倫家走到這裡，只是一段徒步二十分鐘的小小旅途，但對她來說是一大任務吧。夏綠蒂有些茫然地看著主要道路……但她立刻回過神來，緊握住雙拳。

「好！總之就從這裡開始，我要加油！」

她從包包裡拿出一張小地圖，盯著看了一陣子並點了點頭，開始踏上主要道路。

亞倫則是躲在建築物的遮蔽處望著那道身影。

「了不起！妳太了不起了，夏綠蒂！有照我教的仔細看地圖呢！太厲害了……！」

走出家門前，亞倫簡單地教過她幾個注意事項。

要看地圖、不能跟著陌生人走、要是迷路了就問路人……諸如此類。

看樣子夏綠蒂全都有確實遵守。

就算有在招攬客人的人向她搭話，也是客氣地低頭婉拒。

到目前為止，這趟第一次上街很是順利。

這讓亞倫的心情越來越激動了。那心境就像是見證了原本只會爬行的幼兒，第一次站起來的瞬間一般。當然，亞倫從來沒有養育過小孩就是了。

同一時間，艾露卡及米雅哈也悄聲交談起來。

「噯，妳覺得他現在自以為是誰啊？」

「兄長或是父親之類的喵……？」

「不是啊，但那樣未免……太難堪了吧。」

「就是說啊……甚至令人感到絕望……」

「煩不煩啊！妳們兩個！」

為了不被夏綠蒂發現，亞倫小聲地喊出吐槽。

聊著聊著，三人也從建築物的遮蔽處換到下一個遮蔽處去，追著夏綠蒂前進。

「這麼說來，哥哥，夏綠蒂為什麼要來鎮上呢？」

「唔……我只聽她說想買個東西。」

「你沒問她是想買什麼喵？」

「是有問過啦……」

亞倫當然也很在意夏綠蒂究竟想要什麼東西。

然而，她先是猶疑地撇開了視線之後——

『這個嘛，呃……是、是祕密！』

她一臉非常認真地如此斷言。

「……結果，她還是沒有告訴我她是想買什麼。」

「哎呀～……」

「也難怪魔王先生會受到這麼大的打擊喵～」

「嗯……」

面對兩人的關切，亞倫沉重地點了點頭。

那個夏綠蒂竟然會對亞倫保密，這是直到不久前都還難以想像的事情。

亞倫搗著嘴角，肩膀也抖了起來。

「竟然有了自己的祕密，那正是明確地產生了自我的證據……！太了不起了，夏綠蒂！下一步要成長到說出任性的話，讓我傷腦筋喔……！」

「根本超越噁心的地步，開始讓人有點擔心了……」

艾露卡一邊投來傻眼的視線，卻也不解地歪過頭。

「是說，要是就這麼繼續跟著她，我們不就會知道夏綠蒂想買什麼東西了？這樣就是擅自揭發了她的祕密耶，沒問題嗎？」

「這哪有什麼，到時候只要當場用魔法消除記憶就沒事了。」

「這番覺悟沉重到讓我覺得有點燒心喵。」

在他們聊著這種沒意義的對話時，夏綠蒂也不斷往前邁進。

回過神時，她不知不覺地走進行人很少的巷弄之內了。
躲在後方看著夏綠蒂的三人也能聽見她一邊盯著地圖，發出「咦？」、「好奇怪喔……」這樣的聲音。
亞倫也為此不解地歪過頭。
「這麼偏僻的地方，會有那傢伙想去的店嗎？」
「啊～……這難不成是走錯路了？」
「什……！這、這下子問題可大了！」
亞倫驚訝得不禁為之動搖。
話雖如此，會迷路或許也是無可厚非。
夏綠蒂在公爵家過著跟僕人相去無幾的生活，這應該是她第一次獨自邊拿著地圖走上街吧。
早知道就該更細心地教她看地圖了。
亞倫雖然打從心底感到後悔，做事卻還是很周全。
他有事先叮嚀夏綠蒂要是迷路了，就要去問人。只要隨便走到一個地方，一定就能找到路人了吧。
「不，但是……這邊不太妙喵。」
「唔……這是什麼意思？」
本來還要鬆一口氣，米雅哈卻用生硬的語氣這麼說。
她用有些蒼白的表情，朝夏綠蒂前往的方向瞪過去並說——

「在這前方是一個叫梅雅德的地區，是個治安不太好的區域喵，無時無刻都會有品行很糟的冒險者們盤踞在這裡喵。」

「什麼——！」

「啊！我好像也有聽說……好像有支超危險的冒險者小隊掌控著入口那一帶的樣子。」

「沒錯喵，他們名為毒蛇之牙（Serpent Fang）。」

那是以一個被稱為毒蛇師葛羅的男人為首，聚集起來的一群無賴之徒。

他們會旁若無人地強奪其他隊伍的獵物，威脅恐嚇更是家常便飯。

要是有一般民眾誤闖他們的地盤，聽說甚至還會掠取他們身上所有的金錢，似乎是一群典型的落魄冒險者。

而夏綠蒂……接下來就要走向那種人的大本營了。

在艾露卡跟米雅哈悄聲交談的時候，夏綠蒂也沿著小巷子持續前進。

雖然不安讓她的腳步放慢了下來，但終究肯定會走到那個危險的地區。

「怎麼辦啊，哥哥？還是我跑過去，裝作巧遇並阻止她走下去？」

「不……我想盡量避免正面插手幫忙。」

這不只是單純上街一趟而已。

是夏綠蒂憑著自己的意志決定的一場冒險。

他絕對不想對此潑冷水。

亞倫沉思了一陣子之後……握起拳，輕敲了另一手的掌心。

「好，現在先交給妳們兩個了。」
「咦？哥哥，你是要去哪裡啊？」
「有點雜事要辦啦，拜託妳們了！」
「路上小心喵～？」
留下滿心不解的兩人，亞倫高高跳上屋頂，一股勁地跑了起來。
在那之後過了十分鐘。
「咦……？」
夏綠蒂終究抵達了那個地區。
道路不但狹隘，還有空瓶子四散各處。
也有很多即使窗戶玻璃破了卻沒有修補的建築物。四下感覺暮氣沉沉，從天空灑落的光輝似乎都變得有些昏暗。
一看就知道這裡的治安有多差。
「這裡到底是哪裡呢……」
夏綠蒂心懷不安地將地圖抱在胸前，四處張望著這一帶。
附近都空蕩蕩的，杳無人煙。
然而，就在她怯生生地向前踏出一步的瞬間──
砰！
面向道路的建築物裡絡繹不絕地出現了人影。

他們幾乎都是面貌凶狠的男人，而且每一個人都是身穿重裝備的冒險者。當中也有狼人族、人魚族等非人類的種族。

「咿……！」

這場景讓夏綠蒂倒抽一口氣，往後退了幾步。

待在遮蔽處悄悄看著的艾露卡她們當然也跟著驚慌失措。

「等等，這下子真的不妙啦……！」

「現在可不是還能囉嗦那些小事的時候喵！」

就在兩人下定決心要衝出遮蔽處的瞬間，事情發生了。

突然出現的那群惡棍們——一起深深低下頭。

「歡迎蒞臨！」

「遠道而來辛苦您了！」

「歡迎來到我們的家！」

「我們歡迎您的到來！」

「咦！呃……咦？」

夏綠蒂只感到滿心困惑。

然而，男人們口口聲聲喊著歡迎的招呼，還搬了桌椅過來。

不但恭請夏綠蒂上座，還招待她喝紅茶，甚至還有人演奏起吉他跟豎琴，簡直就像在歡迎王公貴族之類的對象。

見狀，艾露卡跟米雅哈也面面相覷。

「……那是怎樣？」

「……天曉得？」

「呼，幸好趕上了。」

「啊！哥哥！」

這時，亞倫回來了。

「你是跑去哪裡了啊？而且你說趕上了是什麼意思？」

「很簡單啊，這哪有什麼。」

亞倫泰然自若地說，從遮蔽處觀望著夏綠蒂的狀況。

面對突如其來的款待，她似乎相當困惑的樣子，但表情有些放鬆。畢竟走了這麼遠的距離，可以坐在椅子上稍作休息似乎讓她鬆了一口氣。

很好，正如我的打算。

亞倫瞇起雙眼，心滿意足地笑了。

「我搶先她一步過去，把控制這一帶的隊伍……是叫毒蛇之牙嗎？總之我先把他們修理了一頓，再順便放話要他們慎重款待即將來這裡的少女。」

「就連怪物家長都要自嘆不如了吧！」

「喔～難怪這些傢伙各個都鼻青臉腫的喵。」

正如米雅哈所說，那些惡棍們雖然不至於流血，但都是一副遍體鱗傷的樣子。鎧甲到處都裂開來，還破破爛爛的，而且身上四處都是瘀青跟腫包。
她們兩個也感到退避三舍的樣子。
但亞倫下手當然也是有所顧慮，他替自己解釋道：
「我姑且有免於見血喔。要是惡棍們渾身是血地走出來，夏綠蒂應該會很害怕吧。」
「噯，哥哥，你有聽過『人道』這個詞嗎？」
「當然有啊，就是在我前進的方向上鋪好的道路吧。」
「反、反正對那些傢伙來說也是一次很好的教訓喵～」
米雅哈帶著乾笑看過去的地方，有個脖子上纏著一條大蛇的高大男人一副垂頭喪氣的樣子。
那就是毒蛇之牙的前任老大，葛羅。
會說他是前任，是因為他剛才很輕易就敗給了亞倫。
現在頭上不但腫了一大包，脖子上的蛇也累得軟趴趴的，一點霸氣也沒有。
「為什麼本大爺要做這種事……」
「這也沒辦法啊……被那種傢伙盯上，是我們氣數已盡……」
一個手下安慰著他。
不同於所有人盡全力招待夏綠蒂的一隅，只有那裡完全飄散著哀愁的氣氛。
這時──
「那、那個……」
有個人用怯生生的聲音對他們搭話。

是夏綠蒂。她特地從大家為她準備好的椅子站起身來，看向葛羅的臉。

由於對方的一身裝扮看起來還滿粗獷的，讓她有點退縮，但那雙眼中透出超越恐懼的決心。

「你、你還好嗎？」

「……咦？」

「呃，就是……我、我看你好像受傷了……」

夏綠蒂擔心地抬頭看著葛羅——他頭上的那個腫包。

接著在包包裡翻找了一下，拿出一個小瓶子。

「這是魔法藥，不介意的話請拿去用吧，蛇也請用。」

「……非、非常謝謝妳！」

葛羅以快要哭出來的樣子收下藥水。

他突然被趕下王座，才為此消沉不已時，沒想到會有人伸出援手。

無論是多麼扭曲的人，內心肯定都會湧上無比的感動。

夏綠蒂應該是發現到其他人身上也都有瘀青或腫包，她從包包裡面拿出好幾個魔法藥，勤快地每個人都發一瓶。

目睹這樣的光景，艾露卡傻眼地喃喃道：

「那個包包是魔法道具吧……裡面是個亞空間，可以放得下非常多道具的那種。」

「即使如此，也拿太多出來了喵……裡面究竟放了多少瓶藥喵？」

「嗯——我姑且讓她帶了三位數在身上吧。」

「請問你是不是不會算術喵？」

「不過是上街一趟，你到底覺得會發生什麼事啊？」

雖然兩人投來了質疑的眼光，但這也是其來有自。

就夏綠蒂的個性看來，要是遇到受傷的貓狗，一定會先上前救助吧。那就讓她帶著大量的魔法藥水，這樣到時候她就不會陷入混亂了，因此亞倫事先跟她說了這是便宜的東西，要怎麼揮霍都隨她高興。

但沒想到她不是用來救助受傷的貓狗，而是用在被亞倫痛扁一頓的那群惡棍身上。

夏綠蒂出聲關心現場的每一個人，親手拿魔法藥給他們。

原本硬是喧鬧起來歡迎她的一群人頓時陷入一片寂靜。

不久，有人悄聲地說出一句：

「女神……」

「天啊，是女神大人……」

「女神大人……！我從今以後一定會洗心革面，認真活下去……！」

「哇、哇啊啊，各位這是怎麼了？」

葛羅跪倒在夏綠蒂的腳邊，嚎啕大哭地喊著如此宣示。

現場的氣氛因此一口氣昂揚到最高點，新的宗教就此誕生於世。

雖然這是超乎預期的發展……亞倫滿意地點了點頭。

「呵……夏綠蒂那傢伙，還滿會掌握人心的嘛。」

「我知道這個，這就叫自導自演。」
「而且原本無意造就這種狀況更是惡質喵～」
就這樣，他們的款待也不再是「演技」而已。
所有人身上散發出的惡意都煙消雲散，露出滿面笑容，圍繞在夏綠蒂身邊。
那真是一副詭譎的光景。以前亞倫在為了當作聊天話題而潛入的新興宗教神棍團體的集會中，就曾看過類似的場面。
這時，葛羅費解地歪著頭向夏綠蒂問道：
「但話說回來……女神大人跟那個大魔王是什麼關係啊？」
「各位認識亞倫先生嗎？」
「與其說是認識……」
「應該算是被迫認識吧……」
男人們意志消沉地面面相覷。
亞倫有嚴正警告他們不准說出自己來過這裡的事情，但不保證這些人不會說溜嘴。
（你們應該知道說出口的話……會有什麼下場吧？）
姑且先準備好隨時都能放出遠距離狙擊用的魔法。
不過幸好，接下來沒有發展成要用上魔法的局面。
「這個嘛……我啊，已經無家可歸了。」
夏綠蒂露出有些寂寥的笑容。

接著一點一點緩緩道來——

「但亞倫先生相當親切地僱用我當僕人……所以若要說起我們之間的關係，那個……」

夏綠蒂說到這裡停頓了一下，接著有些害臊地說：

「他算是我的……主人吧？」

表面上來說，他們的關係確實是雇主及女僕，所以這句話並沒有任何不正確的地方。

但那聽起來卻莫名悖德又引人遐想，害羞的表情也將分數提升到很高。

亞倫更因此「咕唔！」地摀住胸口。

「呃，哥哥，你沒事吧？」

「看得我都覺得燒心了喵。」

艾露卡跟米雅哈都投以冷漠的視線。

甚至連聽到夏綠蒂這麼說的葛羅他們，也都一臉嚴肅地面面相覷，對她投以擔心的眼神。

「女神大人，妳該不會是被騙了吧……？」

「不，應該是跟我們一樣，受到威脅才被迫服從的吧？」

「可惡……該死的大魔王！竟敢蠱惑這麼溫柔的人……！」

不知何時，針對大魔王，也就是亞倫的一肚子怨氣化成了像誓師大會的滿腔熱血。

「那些傢伙……」

亞倫也只能苦著一張臉。

不過呢，他也非常清楚當自己跟夏綠蒂站在一起，看起來就有種犯罪氣息。

一個是會一邊哼著歌，一邊把一群惡棍教訓一頓、當場擺平的大魔王。
一個則是無論對誰都很溫柔，宛如女神般的少女。
這個組合任誰看來都會抱持警戒吧。
但是……夏綠蒂輕聲笑了出來。
「謝謝各位的擔心。但是，亞倫先生是個體貼的人喔，大家應該是誤會他了。」
「真的嗎……？」
「……那個大魔王也有這樣的情感啊。」
葛羅他們雖然覺得困惑，看樣子還是先接受了她的說詞。
夏綠蒂笑咪咪地又補上一句。
「是的，亞倫先生會教我許多壞壞的事情喔！」
「唔……！」
那個瞬間，惡棍們感受到一陣衝擊。
然而，夏綠蒂卻是用手抵著臉頰，一臉沉醉地接著說下去。
「前陣子也是，我跟亞倫先生通宵做了壞壞的事情喔，明知道那是逾矩的事情……但那個晚上還是非常開心。」
說到前幾天做的壞壞事情，就是指熬夜吃點心、玩遊戲，隔天還一起貪睡過中午那件事吧。
確實是一個開心的夜晚。
但是……

「哥哥……」
「魔王先生……」
「……晚點我會提醒她不要在外面說出這些事。」
亞倫第一次為自己說話的品味感到懊悔。
「啊，那我差不多要離開了，謝謝各位的照顧。」
完全沒有注意到緊繃的氣氛，夏綠蒂低頭致意之後就離開了。
毒蛇之牙一行人默默地目送她漸漸走遠。
應該說，夏綠蒂剛才的這番發言似乎讓他們完全僵在原地了。
「……呼。總之，這次算勉強過關了吧。」
「啊，大魔王……！」
亞倫從遮蔽處走出來之後，葛羅他們也大吃一驚。
所有人就這麼揚起亂七八糟的滿場噓聲。
「你對我們的女神大人做了什麼啊！」
「說真的，雖然我死也不想再跟你打一場……但為了女神大人，大夥兒都能抱持著同歸於盡的覺悟一起攻擊你啦，混帳！」
「嘶——！」
「你們夠了，這是誤會！誤會好嗎！」
甚至連葛羅的蛇都對亞倫展現出敵意，做出了威嚇。

亞倫不得不向他們說明一番事情的概要。
亞倫瞪著眼前的一行人，這才輕咳了一聲。
「事情就是這樣，總之這次辛苦你們配合了。我要繼續回去保護夏綠蒂，所以你們想幹嘛就去幹嘛吧。」
「我懂……」
「你真的只是為了女神大人就把我們痛扁一頓喔……難以置信……」
「不過，如果是為了那個女生，確實會想替她做點什麼呢……」
因為不太會講話，毒蛇之牙的成員們對彼此點了點頭。
面對這樣的他們，亞倫露出爽朗的笑容。
「要是膽敢對那傢伙出手……你們應該知道會有什麼下場吧？」
「咕……對不起，女神大人……！」
「只靠我們，無法將妳從大魔王的手中拯救出來……！」
「呼哈哈哈哈！你們還差得遠了！」
亞倫放聲大笑。
讓人有點搞不清楚究竟哪一方才是壞人了。
「那麼，廢話就不多說了。我們趕快走吧，艾露卡！米雅哈！」
「好喔～不過夏綠蒂剛才往哪邊走了？」
「喔，我剛才看到她在前面左轉了喵。」

就在米雅哈輕鬆地回應之後。

「什……！」

惡棍們的頓時一臉鐵青。

不知道他們為何會有這種反應的亞倫歪過頭，葛羅卻朝他逼近。

「糟糕了，大魔王！那前面太危險了！」

「……什麼意思？」

「掌控前方那一帶的是我們這種傢伙都望塵莫及……一支叫傀儡一家的可怕小隊啊！」

根據葛羅所說，這個地區好像是許多小隊相爭占為自己的地盤，每天都會引發紛爭的地帶。

其中傀儡一家是屈指可數，極度危險的一群人。

甚至還有謠傳說他們也有承接暗殺的工作。

聽到這件事，艾露卡不禁發出哀號。

「你、你們為什麼讓她往那個方向走去啦！」

「開什麼玩笑！我們可是聽到了那麼令人衝擊的發言喔！會當場當機也是理所當然吧！」

葛羅的視線瞪向夏綠蒂前往的方向。

「可惡……我這就去把女神大人帶回來——」

「不，等一下。」

亞倫伸手抓住正要衝出去的葛羅肩膀。

接著……輕輕地搖了搖頭。

「沒這個必要。」

「哥哥，你難不成……」

「嗯，這還是一件簡單的事。」

亞倫微微揚起嘴角一笑。

那副神情似乎相當凶狠，看見的惡棍們都發出撕裂絲綢般的哀鳴，但他完全不搭理。

既然在那前方不是像夏綠蒂這種弱小婦孺可以踏入的危險地帶……那亞倫該做的也只有一件事情而已。

他伸出握緊的拳頭，放聲宣言：

「只要讓這一帶地區……全都歸順於我就行了！」

「你是笨蛋嗎！」

「他姑且滿有能力的就是了。」

「是會讓事情變得更難收拾的情況喵。」

葛羅猛地退避三舍，艾露卡跟米雅哈則是無奈地對視了一眼。

在那之後，亞倫展現了三頭六臂的活躍表現。

他殺進魁儡一家的大本營，跟為數眾多的人偶師打了一場。

「什麼……！我等人偶的攻擊竟然就像完全起不了作用一樣！」

「笑死人！只要看破操縱的手指動作，想迴避攻擊是易如反掌！」

或是跟只以狼人族組成的小隊——狼群斯坦展開正面衝突。

「如何～這對狼人族很有效吧～這可是特別調配的香水喔！」

「咕唔唔唔！身、身體越來越無力……！」

更偶然碰上坐擁優秀魔法道具技師的精銳部隊，金色碑文（Great Fragments）。

「啊啊！這些人是之前對我們公司瘋狂客訴的麻煩奧客們喵！」

「什麼～！米雅哈的敵人就是我的敵人啦！」

「膽敢威脅我經常光顧的業者，絕不輕饒！」

「你、你們到底是怎樣啦！」

途中也湊巧遇到岩人族的梅加斯。

「咦？大魔王殿下，你怎麼會來到這種地方？」

「遇到你正好啊！梅加斯！幫我一點忙！」

「咦……我最近開始到花店打工了，還要去上班的說。」

「喔，你找到好工作了嘛！那你有空的時候就立刻過來！順便幫我訂一大批藥草的種子！下次我也會到你工作的店去買！告訴你的老闆，我這個大戶要上門了！」

「喔……謝謝光臨？所以說，是要我幫什麼忙呢？」

「我要去打賭上這個地區的最終決戰！一切都是為了守護夏綠蒂上街的安危！」

「…………啊？」

就這樣，亞倫勢如破竹地拓展了領土。

事情都結束之後，轉眼間到了日落時分。
在城郊那一片廣大的空地上，亞倫擦了擦額頭上的汗水。
「呼……好好運動了一番呢。」
在他身後，落魄冒險者變成的市井流氓全都像死屍般，倒成一座小山。
那些都是在夏綠蒂前往的地區上，占地為王的人。
但從後半段開始也有些毫無關係的小隊們跑進來亂，演變成了全面戰爭。似乎是聽聞到亞倫勢不可擋的攻勢，因而抱持著危機感的那些人都衝了過來，捨身一戰。
不過，他們也幾乎都由亞倫自己一個人解決了，不成問題。
「這、這個人還是做出這種事了……」
在旁從頭看到尾的毒蛇之牙的葛羅一臉鐵青。
另一方面，梅加斯則不解地歪過了頭。
他在花店的打工告一段落之後，就加入最終決戰助陣了。
「解決掉這些傢伙，為什麼會是保護那位小姐上街呢？」
「唉，這件事晚點再跟你說明吧，總之呢……」
亞倫接著走近坐在一隅的男人們身邊。
那裡有臉色很難看的男人、狼人族的男人，以及身穿銀色鎧甲的男人。
他們依序是傀儡一家的沃蓋爾、狼群斯坦的拉爾夫以及金色碑文的多明尼克。
是亞倫滿一開始就打倒的小隊老大們。

「得到這次教訓之後，就別再給人添麻煩了，要當個認真的冒險者喔。」
「這是哥哥該說的話嗎……？」
「不過也多虧如此，這附近變和平了喵～」
艾露卡跟米雅哈悄聲吐槽，但亞倫決定不搭理她們。
男人們面面相覷，之後乖乖地點頭答應了。
「……我知道了。」
看到這番順從的反應，亞倫的心情也變很好。
但是，他們接著卻摀著臉，哽咽地哭了起來。
「往後我們會洗心革面……這也算是報答女神大人的恩情！」
「那麼善良的孩子待在這個世上真的好嗎……」
「這、這讓我回想起留在母國的妹妹……！」
「……你們也都受到夏綠蒂的關照了嗎？」
根據他們的說法，他們在被亞倫打倒之後就遇見了夏綠蒂的樣子。
畢竟是循著她前進的方向將據點一個個殲滅，會遇見也是理所當然。
所有人都收下了她的魔法藥及溫柔的話語……然後跟葛羅一樣立刻淪陷。
環視四周，到處都能聽見有人茫然地說著「我……還是從這種壞事中金盆洗手好了」、「也差不多該回老家了吧……」，還有「好想媽咪……」之類的對話。
看來對每天都在打打殺殺的他們來說，夏綠蒂純粹無邪的舉止很是受用。

（但效力也太強大了吧……？）

亞倫覺得有些無法理解，但這件事就先放著吧。

「所以說，夏綠蒂的狀況怎麼樣了？」

「是的喵，我等薩堤洛斯貨運公司的員工正在盡全力暗地支援中喵。」

米雅哈直挺挺地敬禮之後回答。

由於一行人中途開始就忙於掃除工作，因此護衛夏綠蒂的事情就委託其他人去處理了。是米雅哈從中斡旋，找來了剛好有空的員工。

「喔，說人人到喵。」

這時，不知道從哪裡現身的是身穿跟米雅哈同樣的制服，狗與狐狸的亞人二人組。她們也朝亞倫直挺挺地行了一禮。

「向您報告汪！目標已經平安完成購物了汪。」

「沒有受傷也全然無事嗷～」

「唔嗯，感謝，這是妳們的打工費。」

「汪～！謝謝汪～」

「就跟謠傳中的一樣大方嗷！」

兩個員工接過裝滿金幣的袋子，尖聲喧鬧起來。

雖然他覺得這個工作也不至於要委託貨運公司，但根據米雅哈所說，所有員工都認為只要有賺錢的機會，什麼工作都好的樣子。

看來以後也可以拜託他們一些瑣碎的雜事呢……一邊想著這種事，亞倫壓低音量輕聲問道：

「是、是說……我想問個問題。」

「汪～？」

「嗷～？」

亞倫看著歪過頭的她們，悄聲地問出口的事情是……

「那傢伙究竟買了什麼啊……？」

亞倫覺得夏綠蒂有事情瞞著他是個很好的傾向。

但說真的，還是會覺得很在意。

「啊，如果是比較私人的事情，不用說也沒關係！女性總會有一些必備的東西嘛！」

「倒也不是那樣啦……」

「嗯——……」

不知為何，兩個員工對視了一下。

她們傷腦筋地垂下眉毛，看起來倒也不是苦澀的表情。

而且不知為何，最後還用像在看小貓嬉鬧一般的莞爾視線看過來……完全搞不懂原因的亞倫只能困惑地歪過頭。

最後她們對彼此點了點頭，很乾脆地說：

「那從我們口中說出來，應該有反禮儀汪。」

「……什麼意思？」

「您只要靜靜等待，自然就會知道啦～」

兩人別有深意的笑令他非常在意。

但就在他要追究下去之前——

「啊，亞倫先生。」

「唔喔！」

有人從背後一喚，讓亞倫的肩膀抖了一下。

緩緩回頭一看……夏綠蒂就站在那裡。

一如她們兩個亞人回報的一樣，她看起來就跟早上出門時沒什麼兩樣。

她提著購物籃，整張臉都笑開來了。

「亞倫先生真的來了呢，就跟大家說的一樣。」

「『大家』……？」

這時亞倫皺起了眉。

他為了夏綠蒂，到處肅清街上惡棍們的事應該只有當事人知道。但是，他應該有明確地警告過他們不准張揚才是。

朝四周瞥了一眼，只見像屍體倒在一旁的那些人站起身，突然開始湧上來。

「喔喔，女神大人……！」

「多麼神聖的身影啊……」

「咕嗚嗚……！該死的大魔王，竟然誆騙我們的女神大人……！」

他們口口聲聲說的都是崇拜的心聲及憤恨的埋怨。
看樣子並沒有人說溜嘴。
（那是從哪裡洩漏出去的……？）
亞倫不解地歪著頭，夏綠蒂則笑咪咪地繼續說。
「當我走在大馬路上時，路上的行人都在談論亞倫先生的事情喔。他們說『大魔王幫我們解決掉了』、『這下子鎮上也和平了』等等……我也覺得很在意，就跑過來看了。」
「啊……？」
「啊，我忘記跟你說了喵。」
這時，米雅哈朝亞倫招了招手。
悄聲地對他耳語的是——
「魔王先生在街上完全變成話題了喵。」
「……為什麼？」
「還問為什麼，這一帶對這個城鎮來說可是煩惱的源頭喵～多虧你一口氣鎮壓下來，這下子鬧事的人應該也會減少許多，對大～家來說可是幫了大忙喵。」
「喔～太好啦，哥哥，沒想到會變成助人的善舉呢。」
「唔……」
艾露卡也笑咪咪地投以稱讚，亞倫的心情卻很複雜。
這些事情都只是為了夏綠蒂才做的。

（沒想到會牽扯到他人的利益……這世上還真是令人難以理解啊。）
更何況他很少得到不特定多數人的感謝。
儘管知道自己常常因為言行舉止的關係，讓他人產生誤解，但他也絲毫沒有要改變的念頭。
因此跟平常一樣我行我素地去做的事卻變成了一樁善行……總覺得怪害臊的。
在他們悄聲說著祕密時，夏綠蒂感到困惑地微微歪著頭，環視四周。
「今天怎麼了嗎？大家是聚在一起辦運動會……之類的？」
「唔嗯，差不多啦，大家拜託我陪他們練習，過個兩招。」
亞倫若無其事地這麼回應。
然而，四周卻傳來悄聲說著「真好意思講……」、「他在女神大人面前抬不起頭吧……」、「竟然能讓大魔王乖乖聽話，真不愧是女神大人……」等等的圍觀聲浪。
亞倫活用了順風耳，先朝那個方向狠狠瞪了一眼。
夏綠蒂也沒發現到亞倫的這個舉動，露出苦笑說：
「現在鎮上正在流行辦運動會嗎？今天我到處看到受傷的人。也因為這樣，亞倫先生給我的那些魔法藥幾乎都用完了……不好意思。」
「沒關係，剛好算是清庫存，反正那些都是便宜貨，妳別在意。」
其實那是一瓶可以賣到三枚銀幣，算滿高檔的藥，但亞倫隻字不提。
「是說……呃——那個，就是……」
「什麼事呢？」

亞倫稍微撇開了視線，想著該說出口的詞。

不知道這是不是可以問的事情，因此煩惱了很久，但亞倫最後還是敗給了好奇心。

「……妳東西買得怎麼樣？」

「當然都買好了！」

夏綠蒂開朗地說著，翻找起包包。

她拿出了兩個包裹。

包著怎麼看都是女性會喜歡的色彩繽紛的包裝紙，上面還綁了漂亮的緞帶。

看來她有買到自己想買的東西。

艾露卡跟米雅哈從鬆了一口氣的亞倫身後探出頭來。

「啊，那是最近新開的小物店呢。」

「是最近最熱門的地方喵。夏綠蒂小姐，原來妳是想去那間店買東西喵？」

「那、那個，呃……這個是……」

看到兩人的臉，夏綠蒂感覺有點緊張，表情也變得僵硬。

看到她奇妙的反應，三人面面相覷……夏綠蒂緊張地吞下口水，才將兩個包裹猛地遞了出去。

「這、這是要給艾露卡小姐跟米雅哈小姐的……禮物！」

「咦！」

「喵！」

「什麼……？」

現場也因此私語嘈雜了起來。
艾露卡跟米雅哈對視了一下，有些擔心地向夏綠蒂問道：
「咦，難不成……妳今天會上街，是為了買要給我們的禮物？」
「我是有聽說妳拿到了第一份薪水……真的可以收下這份禮物喵？」
「是、是的，平常也都受到兩位的照顧……」
夏綠蒂猛地點著頭。
兩人於是各自收下了禮物。
拆掉包裝之後，裡頭是個可愛的禮物。
「哇～！是超猛的貓咪娃娃！」
「米雅哈的是新帽子喵！謝謝妳喵！」
「……太好了。」
看著兩人興奮的樣子，夏綠蒂的表情也柔和了許多。
她似乎很擔心她們會不會喜歡這個禮物。
三個女生開心地在一起嬉鬧。
是相當令人莞爾的光景。
要是有人敢在這時潑冷水，絕對會被判處重罪吧。
然而……亞倫還是受不了這個氣氛。
「夏綠蒂！」

「怎、怎麼了嗎？」

他抓著夏綠蒂的肩膀，用顫抖的聲音忿忿不平地說——

「……沒有我的禮物嗎？」

「哥哥……」

「魔王先生……」

「大魔王殿下……」

「我反而很佩服你問得出口耶。」

艾露卡跟米雅哈。

就連梅加斯跟葛羅都投來感到相當遺憾的眼神。

即使知道這樣問很幼稚，但他就是忍不住要說出口。

夏綠蒂先是愣了一下……接著很抱歉地撇開了視線。

「我找了很多亞倫先生收到很可能會開心的東西，像是魔法道具，還有藥草之類的，但我完全不知道究竟哪個比較好……」

「啊～……這也無可厚非吧。」

艾露卡同情般地點了點頭。

跟魔法相關的道具在外行人看來，確實大多都難以分辨。

有時乍看之下只是一個黑色的石頭，其實是超級貴重的礦石，對夏綠蒂來說應該非常難以理解吧。

然而，亞倫還是無法接受。

他依然抓著夏綠蒂的肩膀，用悲愴的表情繼續喊道：

「只要是妳送的東西，什麼都好啊！就算只是開在路邊的小花，我肯定也會喜極而泣……！」

「那樣也很有問題吧，哥哥。」

「真的太沉重了喵～」

「少囉嗦！」

瞎起鬨的那兩個人都收到夏綠蒂給的禮物了。

換句話說，她們就是亞倫的敵人。

但就算盡全力瞪過去，她們也絲毫沒有害怕的感覺，更是教人憤恨。

結果，夏綠蒂消沉地垮下了肩膀。

「不、不好意思……你這麼照顧我，我太不機靈了……」

「啊！……不、不是，我並不是在責備妳……」

亞倫一時語塞，連忙放開她。

這讓他自省到自己說出這麼任性的話，實在太幼稚了。

不過，夏綠蒂輕輕握住了他的手。

見亞倫驚訝地抬起頭來，她傷腦筋地投來一笑。

「我總是一味地收下你給的東西……現在才發現我從來不知道亞倫先生喜歡什麼。所以，我現在能先回報的只有……」

她接著翻找起包包。
拿出來的東西……卻不是要給亞倫的禮物。
「……裁縫道具？」
「是的。亞倫先生的長袍，衣襬都裂開了對吧？」
夏綠蒂的眼神看向亞倫的腳邊。
長袍的衣襬確實因為一直以來都沒有好好照料的關係，看起來相當破爛。今天更因為開了一小場運動會的關係，看起來更是破爛不堪。
（這麼說來……她之前有說過在家都會被交付裁縫之類的工作對吧。）
所以才會發現長袍現在是這樣的狀況。
夏綠蒂帶著笑容，微微歪過頭問道：
「我可以替你修補長袍嗎？然後在這段期間……請多多告訴我你喜歡什麼樣的東西，下次我會仔細挑選禮物的。」
「當……當然好。」
亞倫只回應了這句，勉力點了點頭。
那恐怕會是再有價值的東西都無法相比的一段時光。內心產生了這樣的預感。
身後的艾露卡跟米雅哈都竊笑不已，還有一大群路人甲說著「為什麼大魔王這種傢伙……」、「我也好想談戀愛……」、「我也是……」這種閒話，令人打從心底感到煩躁，不過亞倫現在心情很好，就不跟他們計較了。

「我也認真工作，交個女朋友好了……」

「那我可以幫你介紹喔。想做怎樣的工作？」

「……跟動物相關的工作？」

另一方面，葛羅跟梅加斯聊起了令人難以想像是冒險者的務實話題。

第七章 壞壞溫泉旅行

「那個……我看完了。」

「哦？」

某天下午。

兩人一起在客廳看著書時，夏綠蒂怯生生地對他說道。

亞倫闔上原本在看的書並笑了笑。

「好快啊，已經看完了嗎？」

「是、是的，因為內容很有趣，一下子就看完了。」

將一本厚厚的書抱在懷中，夏綠蒂點頭回應。

她剛才在看的是關於這個國家的書。

包含歷史及文化，還有主要產業以及著名的觀光景點。基本上是給外國觀光客看的，感覺就像旅遊書，因此儘管是用輕鬆的文體撰寫，內容還是相當充實。

夏綠蒂是出身自鄰國尼爾茲王國。

聽說這是她第一次來到國外，亞倫便覺得還是了解一下這個國家比較好，於是挑了這本書給她。

結果一看就看到廢寢忘食。

雖然只是一件小事，但就忙碌的現代來說，是一段滿奢侈的時光。

也就是壞壞的事情。應該啦。

話雖如此，目的其實是為了讓只要放著不管，就會在整個家裡四處打掃的夏綠蒂休息一下。生性認真是好事，太過鑽牛角尖就不好了。

本來是因為這樣才會拿書給她看，沒想到她這麼快就看完了。

夏綠蒂開心地翻開書本。

「亞倫先生跟艾露卡小姐之前說過的雅典娜魔法學院，這本書上也有刊載喔，是一間很大的學校呢。」

「是啊。」

看著熟悉校舍的黑白照片，亞倫瞇起了雙眼。

雅典娜魔法學院是一間非常龐大的學校。

學生、教師以及其他職員全部加起來，大概可比一個小型島國的人口規模了。

雖然是三年前左右把自己趕出來的地方，那裡終究是度過了大半人生的學校，再怎麼說還是滿有感情的。

久違地想回去看看呢。想著這種事情時，他忽然想到了一個點子。

他揚起竊笑，向夏綠蒂問道：

「妳最喜歡的地方就是學院嗎？還有沒有其他的？」

「這個嘛，雖然有很多，若要舉出最喜歡的一個……啊！」

這時，翻著書頁的夏綠蒂突然停下雙手的動作。

亞倫不解地歪過頭，她用有些畏縮的視線直看過來。

「要是我說出喜歡的地方……會怎麼樣呢？」

「就能決定明天出門的目的地。」

「我就知道！」

夏綠蒂這麼一喊，露出一臉嚴肅的表情。

見到她奇妙的反應，亞倫聳了聳肩。

「妳不喜歡出遠門嗎？不過，女性確實出一趟門就要帶很多東西啦。」

以前還住在克勞福德家的時候，大概會以一年一次的頻率被一起帶去家族旅遊。回想起那時候的光景，亞倫對她笑著說：

「行李什麼的我來拿就好了。別看我這樣，以前我都會跟叔叔一起負責搬嬸嬸跟艾露卡的行李箱呢。」

「不、不是，我不是那個意思……」

夏綠蒂感到很愧疚地縮起身子，由下往上地抬起眼睛緩緩說道：

「我不但受到了你的照顧……還要你帶我出遠門的話，總是不太好。」

「不用這麼客氣啊。」

「但是……我最喜歡的還是跟亞倫先生一起待在這個家裡的時光。」

這麼說著，夏綠蒂露出純真的笑容。
她所說的每一句話並非虛假……但亞倫還是覺得有點不滿。
「而且，壞壞的事就是偶爾為之才好。要是一天到晚做壞壞的事，我會變成一個壞孩子。」
「唔……妳這樣說確實也有道理啦。」
亞倫也不是想讓夏綠蒂墮落變壞。
只是想讓她嘗嘗至今沒有體驗過的喜悅而已。
俗話說人窮志短，但日子過得太豐足，人也只會變得頹喪。
壞壞的事情是應該有個限度。
關於這點，亞倫並沒有異議。
但是……現在可不是該妥協的時候。亞倫裝出一臉不安的表情，看向夏綠蒂。
「要是帶妳去旅行……妳一定會覺得很開心吧？我想看妳開心的樣子。」
「唔……要、要這麼說是沒錯……」
夏綠蒂立刻別開了視線。
看樣子頗為受用，亞倫欣喜地趁勝追擊。
「這肯定會是一趟很開心的旅行喔～可以享受到當地的鄉土料理，也能逛逛觀光景點，想在旅館耍廢睡午覺也沒問題。對了，順便泡個溫泉感覺也不錯吧。」
「溫、溫泉……！」
夏綠蒂的肩膀抖了一下。

克勞福德家的家族旅遊目的地，理當是掌握在居於家中金字塔頂端的嬸嬸手中，因此，亞倫非～常清楚被稱作溫泉的景點對女性來說是多有魅力的一個地方。

她就快被說服了。

「亞、亞倫先生……」

亞倫揚著壞笑，輕輕抬起了夏綠蒂的下巴。

「喏，快說說看想去哪裡啊，如此一來……我就能替妳實現那個願望。」

天空色的眼睛迷濛地看著亞倫。

然而夏綠蒂卻立刻回過神來，抽離了身子。

「這、這可不行！我絕對不會說的！」

「唔，真是個固執的傢伙……既然如此，只好使出最終手段了。我又要對自己使出會死的詛咒了喔。」

「我之前有拜託過你別再那樣做了吧！」

就在夏綠蒂說出一如往常的吐槽時。

玄關的電鈴湊巧響起了。

正要對自己施加詛咒的亞倫先中斷動作，不解地歪過頭。

「嘖，偏偏挑在這種時候……抱歉，我去應門，妳等我一下。」

「得、得救了……」

夏綠蒂明顯鬆了一口氣。

以為亞倫會因為這點程度就放棄的她還是太天真了。
但暫且先撇開這件事，亞倫前往玄關應門。
一打開門……一如往常的那個人做出直挺挺的敬禮動作。
「你好～你好～魔王先生，午安喵。」
「怎麼，是米雅哈啊。妳早上不是已經來送過貨了嗎……？」
「這一趟是來送特別的東西喵。」
翻找著包包後，她拿出來的是一封信。
上頭還寫著「大魔王大人收」。
收件人寫得也太隨便了，而且這樣還送過來的貨運公司也很奇怪。
更何況他對這筆跡一點印象也沒有，這讓亞倫只能不解地歪著頭。
「這封信是怎樣……？」
「呵呵呵～你聽了可別嚇一跳喵。」
米雅哈惡作劇般地笑了笑，直直地將那個信封遞上前來。
接著說——
「簡單來講……恭喜你獲得三天兩夜的雙人旅遊券喵！」
「啊……？」
就這樣，到了隔天。

「哇啊——……」

夏綠蒂從馬車裡探出頭來，發出一聲感嘆。

外頭是一片廣大的草原，在初夏陽光的照耀之下，翠綠的色彩格外動人。山嶺在遙遙之處，吹拂過來的風也很是平穩。

夏綠蒂緊盯著眼前平凡的景色。

見她做出比預料中還雀躍的反應，亞倫露出苦笑。

「看到妳這麼開心是很好，但這是讓人如此沉醉的景色嗎？」

「是、是的，尼爾茲王國的山很多……所以我還是第一次看到這麼漂亮的平地。」

夏綠蒂笑著這麼說，接著沉重地嘆出一口氣。

「逃來這個國家時，我是躲在貨車裡面……但那個時候根本沒有欣賞風景的餘裕。」

「這、這樣啊……」

看來是找錯話題了。

亞倫儘管內心感到動搖，還是替她圓場。

「哎呀，不過呢，這個地區算是很鄉下的地方，似乎沒有張貼妳的通緝單，妳就安心地好好放鬆一下吧。」

「好的。竟然可以不用變裝就出門，好像在作夢一樣。」

夏綠蒂頂著一頭金髮，純真地笑著。

見她這個反應，亞倫也鬆了一口氣，並跟夏綠蒂一樣看向外頭的景色。

涼爽的風吹拂過臉頰。空氣也很新鮮，確實讓人覺得很舒坦。

「好吧……這景色確實不錯。」

「呵呵，對吧？」

兩人輕聲地笑了笑，沉默地眺望著景色好一陣子。

只有清風與馬蹄的聲音重疊在一起，點綴了這段平穩的時光。

這裡是被稱作湯之葉地區的地方。

位於亞倫他們家的東北方，搭乘馬車大概要三小時的距離。

從今天開始，他們就要在這個地區……來趟三天兩夜的溫泉旅行。

亞倫悄悄揚起了嘴角。

（不過，鎮上的那些傢伙還真有人情味啊，沒想到會送上一趟旅行。）

前陣子為了保護夏綠蒂上街，亞倫制壓了一個叫梅雅德地區的地方。那裡是無時無刻都有一大群惡棍般的冒險者盤踞的地方，對鎮上的人來說，似乎是苦惱的根源。

但透過亞倫的懲治，那個地區的人們幾乎都強制洗心革面了。

現在他們都致力於正正當當地當個冒險者，也會活力十足地參加那個地區的撿垃圾等活動，看來在那之後也有定期去欺負他們一下是正確的選擇。

就結果看來，亞倫為維護城鎮的治安做出了貢獻。

為了讚揚這份功績，城鎮上的商店等共同組成的互助會就出了一筆錢。

也就是說，這是一趟免費的旅行。

既然免費，老是很客氣的夏綠蒂也無話可說了吧。

然而，她還是傷腦筋地皺起了眉間。

「但是……跟我一起出遊真的好嗎？是不是約艾露卡小姐一起去比較好呢？」

「不，那傢伙有點事要辦的樣子。」

艾露卡之前說過要離開城鎮幾天。

她要辦的事，應該是亞倫之前拜託她對尼爾茲王國進行的調查吧。

話雖如此，就算她沒事，亞倫也肯定會邀請夏綠蒂同行。

畢竟為什麼年紀老大不小的兄妹倆非得單獨去旅行啊？肯定時不時就會吵架吵到見血。

「比起這個，瞧，已經可以看到嘍，那裡就是我們今天開始要住的旅館。」

「那、那就是……！」

不知不覺間，從車窗看出去的景色起了一點變化。

馬車前往的地方不再是平原，看過去是一整片藍色的大海。

而且在大海旁邊的懸崖上矗立著一幢大型的建築物，以淡淡的奶白色外牆建造而成，旁邊更圍著一圈椰子樹。

那就是這個湯之葉地區現在最受歡迎的度假飯店。

這一帶從以前開始就是以溫泉著名的觀光景點，四處都蓋有以觀光客為客群的旅館。

在那之中，亞倫他們這次要住的那間飯店是全新的三星級飯店。

不只是溫泉，更以提供料理、按摩等各方面的服務為特色，回頭客也很多……的樣子。

這些全是從米雅哈口中現學現賣的事。

『互助會那些人在米雅哈的建議下，挑了最適合魔王先生你們的住宿方案喵，敬請期待喵～』

她甚至還補上一句「伴手禮就不必了，倒是請說一下感想喵～」。

沒過多久，那棟建築物越來越近了。

夏綠蒂回過神來，拿出那本厚厚的書。

「亞倫先生，請看，那間旅館也有刊登在這本書上喔！」

「我看看……喔，真的耶。」

而且還介紹了整整兩頁，享受跨頁的豪華待遇。

看來真的可以好好期待一番呢。這麼想著，亞倫一邊摸著下巴時，忽然想到了一件事。

「難道妳想去的地方，就是那間飯店？」

「……是的！」

「騙人的吧。」

「嗚嗚……亞倫先生，你太厲害了，真的分辨得出謊言呢……」

夏綠蒂像個挨罵的小孩縮起身子。

遲疑了好一陣子又撇開視線，再用顫抖的聲音回答，任誰都能看出來是在說謊吧。或許該讓她熟悉世故一點比較好。

亞倫從夏綠蒂手中借來那本書，隨手翻閱起來。

「唔嗯，不是這裡啊……不然是這間孤島上的飯店嗎？不，不對，若是論及受女性歡迎的程度，應該是這個……」

「不、不要推理起來啦！」

夏綠蒂不知為何滿臉通紅地從亞倫手中搶回了書。

「我也很期待可以泡溫泉的！所以請你忘了我想去的地方吧！總、總覺得很害羞……！」

「『很害羞』？」

亞倫只能歪過頭。

「……被人知道想去的地方，為什麼會感到害羞啊？」

「因、因為……」

把書緊緊抱在懷裡，她細如蚊聲般地低語：

「那、那裡感覺是小朋友才會想去的地方……」

「哦～？原來如此。」

但是，如此一來感覺範圍能縮小許多。

當他正想接下去推理的時候……還是放棄了。

亞倫聳了聳肩。

「好吧，既然妳這麼討厭，那我也不要猜出來好了。但唯獨這點，我要告訴妳。」

「什、什麼？」

亞倫揚起惡作劇般的笑，將臉湊近睜大雙眼的夏綠蒂。

「小時候沒能做到的事，在長大之後盡情去嘗試是剛好而已，這也是一種壞壞的事情。」

「……亞倫先生也有在小時候沒能做到的事嗎？」

「有啊。」

他悠然地點了點頭，遙想起過去。

雖然他一路過著還滿為所欲為的人生，但也有過幾件無法稱心如意的事情。然而，那些事後來全都一個個達成了。

「像是到地底下幾千公尺的洞窟去挖掘貴得要命的魔法礦石，或是在沒有人居住的祕境深處轟一發大範圍破壞魔法……這些事情在小時候全都被叔叔阻止了。隨著年紀增長之後再去做這些事，感覺也格外不一樣。」

「總、總覺得好像有那裡不太對……但好像很開心呢！」

夏綠蒂硬是做出附和。

「不過先不論這點，妳覺得我在聽見妳說想去的地方之後，會笑妳『幼稚』嗎？」

「……不會。」

「對吧？所以等妳想說的時候再告訴我就行了。不管是怎樣的地方，我都會陪妳去。」

「……好的！」

夏綠蒂綻放出如花般的笑容。

說穿了，她幾乎沒度過什麼像樣的童年吧。

取回過去的時間也是很重要的體驗。

（唔嗯……重拾童心是吧……這個方針也不錯。）

看來在這趟溫泉旅行結束之後，可以教她的「壞壞的事」還多得是呢。

不久後，兩人抵達住宿的旅館。

「歡迎蒞臨我們湯之葉度假村！竭誠歡迎兩位的到來♪」

一踏進大廳，飯店的接待人員就親切地低頭致意。

對方頭上戴著珊瑚髮飾，下半身是魚，是典型的人魚族。而且上半身穿著直挺挺的套裝，一看就知道是工作人員的打扮。

她靈巧地用尾巴跳著移動過來，接過亞倫他們的行李。

將從米雅哈手中收下的票券交給她之後，她的表情明亮了起來。

「是有預約的克勞福德先生對吧？兩位的房間已經準備好了，請問現在就要過去了嗎？」

「嗯，麻煩妳了。溫泉已經可以用了嗎？」

「當然可以，現在正好是比較閒散的時段喔♪」

「唔嗯，不然要不要先去泡溫泉——」

「好、好的！亞倫先生覺得可以就沒問題！」

夏綠蒂有些搶快地點頭回應。

看來她是真的很期待泡溫泉。

見到這樣的反應，人魚親切地露出微笑。

「那麼，我帶兩位前往房間及大浴場吧。這邊請。」

「好，謝謝。」

「謝、謝謝妳。」

「不客氣，我們也感到十分歡喜喔。」

人魚伸手貼著臉頰，嘆出一道陶醉的呼息。

不知為何，她一臉莞爾地看著亞倫跟夏綠蒂——

「兩位能選擇本飯店作為蜜月旅行的住宿地，真是倍感榮幸呢♪」

「……蜜月？」

「……旅行？」

聽見這個意料之外的詞，兩人都僵在原地。

那位人魚也因此「哎呀？」地歪過頭。

「難道兩位不是夫婦嗎？」

「很可惜……不是呢。」

「那麼，就是情侶了吧！」

「不…………那也不是。」

亞倫一副有口難言的樣子，勉強地這麼回答。畢竟夏綠蒂一臉通紅地僵在原地，這個狀況也只能靠自己想辦法撐過去了。

「是說……我可以問問為什麼妳會這樣想嗎？」

「呃，因為這個……」

拿起剛才亞倫交給她的票，人魚感到不解地說：

「這是情侶、夫婦限定的特別住宿方案喔。」

「米雅哈那傢伙，竟敢算計我……！」

他回想起了她那句「挑了最適合魔王先生你們的住宿方案」。

這麼說來，她那時也莫名一副看好戲的樣子。

對亞倫的態度感到不解的人魚平淡地說：

「若是對方案有所不滿是也可以更改……但這是最豪華的方案，所以就這樣住下來比較划算喔。」

「那就……」

亞倫緊張地嚥下口水，說出他的決心。

「就用那個情侶、夫婦限定方案……好了。」

「沒問題～♪那兩位這邊請～♪」

「情、情侶……夫婦……」

亞倫伸手拉著僵在原地的夏綠蒂，跟在不斷前進的人魚身後。

住宿的房間是可以瞭望整片大海的邊間。

兩人先將行李放在這個感覺很舒服的空間裡，並在人魚的帶領下，前往溫泉浴場。

在這段期間，因為跟夏綠蒂之間的對話比較少，兩人間的氣氛感覺有些尷尬。

就算是亞倫，在這樣的狀況下也無法拿出平常的那種態度。

（情侶……不然就是夫婦……是吧。）

對於腦中浮現的這兩個詞，他不知道該抱持什麼樣的感想才好。

「好了，我們到嘍♪」

就在他們感到不知所措的時候，人魚停下了腳步。

溫泉就位在旅館的最深處，入口很大，有各式各樣的客人在此進進出出。

人魚看著亞倫他們親切地笑了笑。

「這裡是本飯店最自豪的溫泉設施♪裡面全是取自地底下的天然溫泉，當中又以露天溫泉最受歡迎，可以眺望整片大海喔。」

「喔，那還真是不錯。」

真不愧是足以刊登在旅遊書上的飯店。

若是泡在可以眺望景色的溫泉中，像這樣難耐的心情應該也會平復下來才是。

然而這樣的期待……在人魚的一問之下，被毫不留情地敲碎了。

「是說兩位客人，請問有準備泳衣嗎？」

「泳、泳衣……？為什麼要準備？」

「那當然是……」

人魚露出滿臉笑容，並朝溫泉入口伸手示意。

她說——

「因為這裡是要請客人們穿著泳衣入場的男女共用大浴池啊！」

「啊？」

「什麼！」

在兩人很契合地發出混亂的驚呼之後，過了三十分鐘。

「真的假的……」

亞倫穿著海灘褲，茫然地眺望著溫泉。

這間旅館的溫泉真的很寬敞。

在一個巨大圓頂狀的空間中，有各式各樣的浴池。

甚至還有三溫暖烤箱、按摩間、果汁吧，就連帶有滑水道的溫水泳池也一應俱全，幾乎可以說是一大主題樂園的樣子。

在那當中有各式各樣的客人，都穿著泳裝享受溫泉。

不分種族，也不分男女老少。當中好像還有岩人族專用的岩漿溫泉。

剛才那位人魚接待人員說現在這個時段算是閒散……即使如此還是滿熱鬧的。

比起將男性及女性區分開來，在這種共用大浴池泡起溫泉，確實會讓人覺得更能樂在其中。

全家一起來的話也可以一起泡溫泉，可謂一石二鳥。

「不是啊……但說到泳裝……」

亞倫只能抱頭苦惱不已。

雖然說是入境隨俗……

『那麼，女性客人就由我來介紹吧♪租借區有非常多種可愛的泳裝，款式齊全，還請慢慢挑選♪』

『咦？什麼……咦咦咦！』

『啊，嗯，妳慢慢準備吧～』

亞倫只能茫然地目送夏綠蒂被帶去女子更衣室的身影。

在那之後，「泳裝」這個詞就占據了整個腦袋。

眼前有一大群穿著泳裝的客人。其中當然也有年輕女性，一邊摸著泡在浴池裡的水嫩肌膚。但比起那樣的光景，到現在都還沒見過的夏綠蒂的泳裝打扮更讓亞倫的心紊亂不已。

要是實際見到了，還真不知道會變怎樣。

說真的，就連他自已都無法預料。

（好，事有萬一就把心臟停下來吧，停好停滿。）

果斷地做好自殘的覺悟，亞倫盡可能讓自己保持平常心。

就在這時——

「那、那個……讓你久等了。」

「唔……！」

身後傳來一道怯生生的聲音。

肩膀差點都要抖了一下，亞倫還是靠著鋼鐵般的意志忍了下來。

做過一次深呼吸之後，他用看起來不至於讓人覺得不自然的動作緩緩轉身，也不忘擠出一道爽朗的笑容，心中也做好了萬全準備。

「不會，我也是才剛換好……過來……」

「亞、亞倫先生？」

就在這個瞬間，亞倫頓時語塞。

即使夏綠蒂有些不安地稍微歪過頭，他也做不出任何反應。

她身上穿的是用綁帶綁在脖子上的花朵圖案比基尼。

話雖如此，肌膚露出的程度沒有太誇張，上半身有一層又一層的荷葉邊保護著，下半身則綁了一條腰巾。

然而，也不能因此就鬆懈下來。

既然是比基尼，肚臍附近當然完全露了出來，而且在腰巾底下可以看見的赤裸雙腿也很耀眼，這樣的打扮更突顯出了她她天生的好身材。

並不只是因為水面反射光線而已。

穿著泳裝的夏綠蒂，看起來就是散發著耀眼的光芒。

根本沒必要刻意停下心臟，因為心臟自己就停下來了。

不知道夏綠蒂是怎麼看待陷入一陣沉默的亞倫，她皺起了眉。

「這、這身打扮……果然不適合我吧……？」

「…………不、不會。」

亞倫勉強自己搖了搖頭，擠出該說的話。

「妳穿起來很好看。」

「是、是嗎……？」

夏綠蒂的表情都開朗了起來。

但又立刻回過神，撇開了視線。

見她這令人不解的反應，亞倫歪過頭，卻發現夏綠蒂的臉頰有些泛紅。她接著細如蚊聲般說出口的話是——

「亞、亞倫先生穿起來……也、也很好看。」

「喔喔，嗯，原來如此。彼此彼此啊。」

「你是指什麼呢……？」

「不，沒事。比起這個，我們快走吧。」

牽過害羞不已的夏綠蒂的手，兩人朝浴池走去。

泳裝只好慢慢習慣了……最重要的是要讓夏綠蒂玩得開心。當然，為此的計畫也已經準備好了。

「來，好好享受一番只有在溫泉才能辦到的壞壞事情吧。」

機會難得，因此兩人前往飯店最推薦的露天溫泉區。

一打開門走向室外，迎接兩人的是耀眼的光芒。

「哇啊……！」

夏綠蒂發出感嘆。

門外是一片鐘乳洞般的岩石表面。看來這間建造在崖邊的飯店是直接挖開這一區，打造出這片溫泉，打通的正面可以看見一整面海洋。

而且在那片海洋的前方，是一區巨大的露天溫泉。

白色的霧氣冉冉飄起，硫磺的味道飄散四周。

多虧是在洞窟內的構造，可以不用曬到陽光，並享受著溫泉。

而且還能震攝於這種非日常的感受。

「這個浴場好厲害喔！」

「是啊，難怪會是最受歡迎的。」

亞倫坦率地點了點頭。稍微用溫泉沖過身體之後，兩人並肩泡進浴池。溫泉的溫度既不會太燙，也不會不夠熱，濁濁的溫泉包覆著他們全身。

「哇啊～……好舒服喔。」

「對啊……」

兩人好一段時間就一邊眺望著大海，享受著溫泉。

其他來泡溫泉的客人也差不多是這種感覺，除了大家小聲交談的細碎話聲，就只有海浪的聲音愉悅地傳入耳中。有時還能聽見海鷗的叫聲，一段平穩的時光緩緩流逝。

夏綠蒂的臉泛著紅潮，並依然沉醉又開心地喃喃道：

「好想一～直……待在這裡呢。」

「是啊。」

「但是……要是在溫泉裡泡太久會泡暈頭吧？感覺有點可惜。」
「呵，妳太天真了，享受溫泉的方法可不只是這樣而已。」
「咦？」
亞倫揚起壞笑，剛好就在這個時候。
「兩位客人～您點的東西來嘍♪」
「時機剛好呢，謝謝。」
那個人魚接待人員拿著一個托盤颯爽現身。
從她手中接過的是裝在玻璃器皿中的冰淇淋。在雪白的香草冰淇淋上，還加了一顆櫻桃。
將冰交到夏綠蒂手上時，她的表情亮了起來。
「一邊泡著溫泉，一邊吃冰！太、太奢侈了……！」
「要感到驚訝還太早了，『永久凍結（Immortal Ice）』。」
一記響指之下，玻璃器皿開始散發出藍白光輝。
就算碰到了溫泉的熱氣，冰淇淋也完全沒有融化變形，依然維持著剛好的硬度。
「這樣就算人泡在溫泉裡，冰也不會融化。慢慢吃吧。」
「謝、謝謝你！」
夏綠蒂立刻挖了一小口冰淇淋，並送進嘴裡。
那個瞬間，她露出滿臉幸福的表情。
看著她就會產生「吃起來還真津津有味啊」的感想，但其他客人似乎也是一樣。所有人都緊緊盯著夏綠蒂，接著互相對視，更嚥下了口水。
「嗳嗳，爸爸～！我也想吃那個冰淇淋！」
「真、真拿你沒辦法啊，不可以跟跑去做美容的媽媽講喔！」
「哇啊啊，各位客人，我會依序幫各位點餐喔～！」
「嗳，這位小哥啊，可不可以也替我們的冰施展剛才那個魔法呢？」
「當然沒問題，小事一樁！」
因為心情很好，亞倫二話不說就答應了。
就這樣，露天溫泉區迎來了一大冰淇淋風潮。

到了當天晚上。
「今天真的是……非常非常感謝您！」
「不不不，這沒什麼。」
在旅館的餐廳吃飯時，那位人魚接待人員特地來打招呼。
她在旅館的工作人員中，似乎算是職位相當高的人物。
只見她的雙眼閃閃發亮，像祈禱一樣交握起雙手。
「託客人的福，今天冰淇淋的業績成長了三倍之多！還教導我們的工作人員使用不會讓冰淇淋融化的魔法……真的是感激不盡！」
「沒這麼了不起啦……我沒特別做什麼，別這麼放在心上。」

亞倫苦笑著搖了搖頭。

隨後夏綠蒂嚥下一口牛排，露出滿面笑容說：

「大家都覺得很開心呢，亞倫先生果然是很厲害的魔法師。」

「連妳也這麼說……我只是讓冰淇淋不會融化掉而已喔。」

但是，當時在場的所有客人確實都笑得很開心。

不過是個簡單的魔法，卻帶來這麼絕佳的效果。

本來只是想讓夏綠蒂開心而已，卻四處受人感謝。

就跟在鎮上發生的那件事一樣。

（唔，也有令人想不透的事情啊……）

雖然心中是這麼想，總之要讓夏綠蒂開心的任務還是成功了。因此就這點來說，亞倫感到非常滿足。

然而，那位人魚接待人員似乎還感謝得不夠的樣子。

她依然像在祈禱一般交握著雙手，用閃閃發亮的眼神看著亞倫。

「請務必讓我們向您致謝。請問明天兩位有觀光的計畫了嗎？不介意的話，本飯店可以全面支援兩位喔！」

「這確實很令人感激……但我沒有事先想好什麼計畫耶。」

「我也只想再去泡溫泉而已……」

跟夏綠蒂面面相覷之後，人魚笑咪咪地搓起雙手。

「這附近有很多著名的觀光景點，若是找我們商量的話，可以提供兩位完美的行程喔。」

「唔嗯，像是怎樣的地方？」

「這個嘛，像是潛水景點或海水浴場……」

她一邊折著手指列舉出來的地方，全都是臨海觀光地區常見的場所。

雖然沒有特別被哪個地方吸引，但唯獨最後一個感覺獨樹一格。

「還有一個是可以看見芬里爾的山丘。」

「什麼，這附近有芬里爾出沒？」

亞倫的眼睛稍微睜大了一些。

所謂芬里爾，指的是相當高位階的魔狼。

不好爭執又高潔的天性使牠們鮮少出現在人類面前，聽說能看到一眼就會有好運降臨。

亞倫至今也只看過一兩次而已。

雖然這挑起了他很大的興趣，但那位人魚小姐卻露出苦笑。

「但是，就算現在去了，應該也只是白跑一趟而已。現在是芬里爾忙於養育孩子的時期，因此很少下山。」

「原來如此……時機不太對啊。」

「但是，如果是跟魔物相關的，也有其他可以向兩位推薦的景點喔。」

人魚似乎是感覺到不錯的反應，只見她的雙眼亮了一下。

接著，她語氣強勁地宣告的景點是——

「也就是湯之葉魔道動物園！」

「唔……！」

「……哦？」

一聽到這個名稱的瞬間，夏綠蒂的雙眼閃現了一道光輝，亞倫也沒有漏看這一幕。

很順利地，隔天也是個大晴天。

平穩的陽光灑落，就是個絕佳的出遊日。

「那麼，傍晚的時候我會再來迎接兩位。」

「嗯，謝謝。」

人魚接待人員駕起馬車，一邊揮著手朝旅館的方向回去了。雖然下半身是魚，動作卻很是靈巧，可見她的工作能力高強。

不過，這種事先擺在一邊。

亞倫摸著下巴笑了笑。

「原來如此，妳是想來這裡啊。」

「呼、呼嗚……」

夏綠蒂紅著一張臉垂下頭去。

但她的視線不斷朝著前方瞄去，看來半是困惑，也帶著一半的期待，雙眼好像也閃現著光輝。

矗立在兩人面前的，是色彩繽紛的入場大門。

上頭寫著這幾個字。

這就是……湯之葉魔道動物園。

一如其名，也就是飼養著魔道動物——魔物的主題樂園。

實際上這裡比較強調作為研究設施的一面，不過有對一般市民開放，而且很受歡迎。

儘管世界各地都有這樣的設施，但這間具有相當的規模。

好像也飼養著在龍族中以最長壽著稱的萬古龍（Ancient Dragon）和不死鳥等珍奇的魔物，無論國內外都很受歡迎，亞倫以前也曾耳聞這裡的盛名。

簡介手冊上的資訊量也很龐大。

攤開一大面地圖，亞倫低吟道：

「看來得花上一整天才能勉強逛完，不過，我們就慢慢看吧。」

「但、但是……這樣真的好嗎？」

夏綠蒂畏縮又帶著歉意地說：

「讓你配合我的任性，總覺得很過意不去。」

「這哪有什麼，反正我也沒有其他特別想去的景點，偶爾來到這種地方看看也不錯。」

亞倫自然又從容地笑著，但還是微微歪過頭。

「但話說回來，原來妳喜歡魔物嗎？我完全不知道耶。」

「與、與其說是魔物……我是很在意旅遊書上寫的『動物園的互動專區』……」

「喔，原來如此，就是這個吧。」

在簡介手冊上的地圖找了找，確實有看到一個「互動專區」。似乎是放養著生性溫馴的魔物，讓人可以自由餵食，也能觸摸牠們的樣子。

雖然亞倫非常可以理解，但不知為何夏綠蒂卻把身子縮得越來越小。

「嗚嗚……不好意思，這麼孩子氣的地方……」

「妳在說什麼啊，仔細看看。」

「咦？」

他拍了拍縮起身子的夏綠蒂肩膀，並示意她看看入場大門。

進去園內的有帶著小孩子的一家人，也有跟亞倫他們差不多年紀的一群群年輕人，還有年長者的團客等等，有各式各樣的客人。

看見眼前的光景，夏綠蒂張大了嘴。

「這、這不是只有小朋友會去的地方嗎……？」

「看就知道了吧，會來動物園的人是不分年紀的，所以妳也不用感到羞愧喔。」

「原來是這樣啊……」

夏綠蒂驚訝地凝視著不斷走入大門的人群。

見到她這樣的反應，亞倫忽然察覺到一件事情。

「……難道妳是第一次來到這種地方？」

「是的……不過有在繪本上讀過就是了。」

以前，還跟母親兩人一起生活的時候。

她曾收下鄰居小孩給的老舊繪本。
在她很珍惜地讀到磨損不堪的那本書上，畫了很多戴著各式動物頭套的小孩子，以及與動物們近距離觸碰的小孩子……
「我一直在想，希望總有一天……我也可以去看看。」
一邊侃侃說著，夏綠蒂露出有點像在作夢的神情，茫然地看著動物園的入口。那看起來就像是被拋下的幼童側臉……讓亞倫的心揪緊了起來。
然而他完全沒有表現出來，只是揚起無所畏懼的笑。
「好，既然如此今天就要盡全力玩得開心，就當作重返童心吧！」
「好、好的……！」
帶著表情開朗起來的夏綠蒂，亞倫踏入了入場大門。
（這下子……無論如何都只能好好玩一番了呢。）
今天要奪回夏綠蒂失去的童年。
為此，就要盡全力地寵她，並奉陪到底。就在他這麼立誓的下一刻。
「啊！」
才踏入園內而已，夏綠蒂的雙腳就停了下來。
當他不明所以地跟著看了過去，見到的是小賣店的櫃檯。
那裡在販售的是帶有不知道是貓還是狗耳朵的造型髮箍。
無論小孩子還是情侶全都湊過去買，就只有那一隅飄散著特別雀躍的氣氛，可說是觀光景點特有的光景。

亞倫輕笑出聲。

「妳想戴嗎？」

「咦！呃，但是……」

「今天妳不用跟我客氣。來，挑個妳喜歡的顏色吧。」

這麼說著，他帶夏綠蒂到櫃檯前，讓她物色一番。

儘管起初還覺得有些困惑，但很快地，她便雙眼閃閃發亮地挑選了起來。

入場前還面帶一絲憂愁的神色早已煙消雲散。

亞倫光是如此就感到非常滿足了……挑到最後，夏綠蒂也下定決心。

「那、那麼……我、我想買這個，再麻煩你了……！」

「喔喔，我知道……等等，為什麼有兩個？」

夏綠蒂選的是一個淺茶色的貓耳，以及一個白底有黑色斑點的貓耳。

當他不解地歪過頭時，夏綠蒂畏畏縮縮地回答。

她從下往上看，像在祈禱一般。

「亞、亞倫先生……不跟我一起戴嗎？」

「…………」

無話可說。

除此之外做不出其他反應。

但夏綠蒂也因為這樣沮喪地垮下了肩膀。
「啊，亞倫先生不喜歡這麼孩子氣的東西吧……不好意思……」
「我怎麼可能討厭啊！店員！麻煩結帳！」
「謝謝光臨～」
亞倫氣勢洶洶地付了兩枚銀幣。事到如今，也顧不了那麼多了。
就這樣，兩個人都戴上了感覺很歡樂的貓耳。
亞倫戴的當然是白底斑點圖樣的那個，夏綠蒂則是戴淺茶色的。
夏綠蒂的雙眼閃亮亮地看著亞倫的頭。
「哇啊啊……很、很適合你喔！非常可愛呢，亞倫先生！」
「這、這樣啊……」
要說的話，夏綠蒂戴起來還比較適合，他卻無法好好化作言語說出口。
臉上會這樣僵著笑容，也是因為他無法改變表情。
（要是被認識的人看到……就只好消滅掉了。）
要消除的是記憶還是性命，這就要視當時的狀況而定了。
兩人就這樣戴著貓耳，先朝互動專區前進。
一整片平坦的草地用柵欄圍起來，當中放養著各式各樣的魔物。
經過反覆的交配，讓其性情變溫馴，體型跟人類差不多大的經過品種改良的斬首兔。
個性很有禮貌，據說還有富豪會養來當看門犬，有兩個頭的魔犬雙頭犬。

要是肚子餓就會狂暴化，鬧到毀滅掉一整座山為止，但只要有餵牠東西吃就會很乖巧的地獄水豚。

諸如此類……

這樣的魔物四散於各處，不是吃著客人遞上前餵食的東西，就是躺在地上翻滾，露出肚子給大家看。

雖然為了避免發生意外，有好幾個飼養員目露精光地盯著，但還是相當悠哉的光景。

因此亞倫也輕笑了出來。

「這地方還真是悠哉啊。不過如何，妳喜歡嗎？夏綠蒂……夏綠蒂？」

就算跟身旁的夏綠蒂搭話也得不到回應。

才想偷偷看看她的狀況，亞倫就愣在原地。

夏綠蒂渾身顫抖著，一副快要哭出來的樣子膜拜著互動專區。

「唔、喂，怎麼了？妳沒事吧？」

「因、因為……！那、那麼……那麼毛茸茸，又鬆又軟，還滾來滾去耶……！」

她說出這句只會讓人覺得她的語言領域受到了嚴重損傷的話。

夏綠蒂終究抽噎地哭了出來，這次則開始膜拜起亞倫。

「能、能活著真是太好了……！謝謝你，亞倫先生……竟然能看到這種天堂，我已經了無遺憾了……！」

「不是啊，那個……妳還沒進去裡面吧……」

雖然有看她哭過幾次，但這次的模樣看起來不太對勁。
總之先遞出了手帕，亞倫還是歪過頭。
（有這麼感動嗎……？不過就是渾身是毛的魔物嗎……）
看在亞倫眼中，放眼望去全都不過是魔物而已。
但看在夏綠蒂眼裡，似乎是等同於一片極樂淨土的光景。
亞倫避免給她帶來太大的刺激，溫和地帶領她到入口處。
「總之呢，我們先進去吧。」
「好、好的……！我會誠心誠意地摸摸到底……！」
嚥下口水，夏綠蒂帶著滿懷決心的眼神往附近的魔物靠去。
她的腳步看起來就像要踏上戰場的勇者一樣。
（呵，不過既然她這麼喜歡……就稍微幫她一下好了。）
稍稍拉開與夏綠蒂之間的距離，亞倫對附近的斬首兔搭了話。
『噯，可以幫個忙嗎？』
『哇！嚇我一跳。這位客人，你會說我們的語言啊。』
『一點點啦。』
他多少懂一點魔物的語言。
如果是據說會出沒在這附近山丘的芬里爾那種高位階的魔物就不管用了，但若是像斬首兔這樣低等級的魔物，就能順暢地進行溝通。

或許是會說魔物語言的客人很罕見，其他斬首兔也紛紛聚集了過來。

體型高大的兔子們全都不解地歪過頭。

『那麼，你找我們有什麼事嗎？』

『其實我朋友很喜歡你們，可以多陪她玩玩嗎？相對的，想吃多少飼料我都買給你們。』

『哇～！好啊，好啊好啊！』

一群斬首兔都開心地啾啾叫了起來。

這樣就收買完成了，正當亞倫得意洋洋地轉過身時——

「喂～夏綠蒂，妳來這邊……」

他卻僵在原地。

發生在眼前的，著實是一片異樣的光景。

「嘿嘿嘿……毛茸茸的……」

被許多魔物包圍著的夏綠蒂露出一臉陶醉的表情。

陪侍在她身邊的數量大概有十幾隻。

不只是天性隨和的魔物，就連個性認真的雙頭犬都像隻小狗一樣，雙眼閃閃發亮地讓她摸著自己的肚子。

「卡嗶～」

平常應該對食物展現出異樣執著的地獄水豚，竟恭敬地對這樣的夏綠蒂遞出了蘋果。

那個據說只為了一隻魚，就算對方是親兄弟也會上演奮不顧身的死鬥的地獄水豚……竟然做出這樣的舉動。

簡直就像在招待百獸之王般的儀式。

『哇～！感覺那個人好溫柔喔～！』

『我也要，我也要！快來摸摸我～！』

就連原本被亞倫收買的那群斬首兔也都自己朝那邊跑了過去。

其他客人也因此嘈雜起來。

「那個姊姊好～厲害喔！超受歡迎！」

「搞不好是哪個著名的魔物師呢……」

「可惡～早知道我就帶相機來了。」

亞倫只能獨自陷入茫然。

他緊緊盯著眼前的光景，並摸了摸下巴。

「那傢伙難不成……」

在那之後過了一個小時。

「我真的玩得非常……非常開心！」

「唔嗯，那就太好了。」

兩人並肩坐在互動專區旁邊的長椅上休息。

不知道是不是用全身享受了「毛茸茸」的關係，夏綠蒂的肌膚相當有光澤。她的笑容也比平常更加耀眼，看來相當滿足的樣子。

而身在互動專區裡的魔物們，也紛紛隔著柵欄對這樣的她嚷嚷鳴叫著。

「啾啾啾～」

「汪汪！汪汪汪！」

「卡嗶～……」

「呵呵呵，我還跟大家變成好朋友了呢。」

「呃，喔，看來確實是如此呢……？」

夏綠蒂帶著微笑朝魔物們招了招手。乍看之下，這確實是很令人莞爾的光景。

但聽得懂魔物語言的亞倫卻是一臉嚴肅的樣子。

若是將牠們的鳴叫翻譯過來，差不多像下述這樣。

『大～姊～姊～！來玩嘛，再來玩嘛～！再多摸摸我啊～！』

『喂，那邊那個人類！你膽敢碰我們的大姊頭一根指頭試試看！小心我會把你身上的各個致命處咬爛喔！』

『我等地獄水豚之道，正是為了侍奉您而在……』

這樣的粉絲呼聲太過頭了。

就算是一群習慣與人類相處的魔物，也不得不說這個狀況有點異常。

亞倫看著這樣的光景，向夏綠蒂問道：

「噯，我想問妳一件事。」

「好、好的，什麼事呢？」
「妳以前有這麼受魔物喜歡過嗎？」
「咦？」
夏綠蒂睜圓了雙眼。
「別說什麼喜歡了，這還是我第一次跟魔物們這麼接近喔。」
「原來如此，至今都沒有這樣的機會啊……又或是身處被壓抑的環境下，導致妳無法好好發揮力量吧。」
「你在說什麼呢？」
「嗯，來講一場簡單的課吧。」
畢竟是老本行。
亞倫聳了聳肩，開始侃侃道來。
「這世上存在著各式各樣的魔法及特殊技能，當中也有些是必須具備與生俱來的才能……」
可以切斷各式各樣刀劍的才能。
可以從隨處可見的材料中，產生出未知物質的煉金術才能。
說起來亞倫也是具備魔法的才能，因此才可以理所當然地活用省略詠唱咒文的高等技術。
至於夏綠蒂則是——
「說不定……妳具備了魔物師的才能呢。」
「魔、魔物師……？」

一如其名，就是能與魔物心靈相通，並擁有命令牠們的力量之人。

夏綠蒂明明沒有受過任何訓練，卻能讓那麼多魔物為之入迷，這個可能性應該相當高。

向她做了這一番說明後，夏綠蒂愣愣地低頭看著自己的手掌。

「我真的……有那種力量嗎？」

「是啊，而且素質似乎還相當高喔。」

對亞倫來說，他勉強能與下等魔物溝通，但若是才能洋溢的魔物師，就連芬里爾那種高位階的魔物都能隨心所欲地操控，甚至能讓對方服從。

（……難道鎮上的那些惡棍們會如此仰慕夏綠蒂，也是因為這個關係……？）

不只是魔物，就連對人類也有效的狀況幾乎能說是史無前例。

但是，如此令人驚異的力量若是能在她老家的公爵家裡發揮的話……她的人生或許就能稍微平穩一點了。

當他懷著有點複雜的心思，緊盯著夏綠蒂的時候。

「請、請問……！」

「嗯？」

有一道聲音傳來。

朝那個方向看去，有個女性飼養員跑到他們身邊來。

衣服上不但沾滿泥濘，臉色也有些蒼白，一眼就能看出狀況非比尋常。

她氣喘吁吁並斷斷續續地說道：

「兩、兩位是剛才在互動專區……建立起後宮的客人吧？難不成兩位是著名的魔法師……？」

「我確實對魔法略有涉獵……是發生了什麼事嗎？」

看她感覺非同小可的樣子，亞倫皺起眉。

結果她握住亞倫的手喊道：

「請您助我們一臂之力……！只靠我們救不回來……！」

「啊……？」

兩人就這樣被強制帶到園內的建築物中。

無視「非工作人員請勿進入」的牌子，飼養員不斷往深處邁進。

跟在她身後走了一段路……最後抵達了一處寬敞的房間。

「我帶作為魔法師的客人來了！」

「喔喔，幹得好！」

飼養員高聲一呼，四處揚起了一陣歡呼。

看樣子，那裡似乎是像研究所一般的地方。陳列著調和藥物的道具跟乾草之類的東西，現場還有一大批飼養員，跟帶亞倫他們來到這裡的女性一樣的打扮。

在這當中，有個身穿白衣的中年男性怯生生地走近亞倫。

「這不是個年輕人嗎，真的是……嗯？」

這時，他皺起眉間，緊盯著亞倫的臉。

「你該不會是……克勞福德家的公子吧？」

「……嗯，是沒錯。請問我們有在哪裡見過面嗎？」

「我曾在雅典娜魔法學院的公開課程中見過你一次啊。原來如此，既然是克勞福德家的人，我就放心了！」

男性掛著黑眼圈的臉笑開來，上前來握手。

「我是這間魔道動物園的園長。能不能請你助我們一臂之力呢？」

「是沒關係……但究竟是發生了什麼事？」

「……直接讓你看看狀況比較快吧。」

園長一臉嚴肅的樣子，請亞倫他們進到研究所的深處。

穿過擠了許多人與物品的房間之後——前方坐鎮著一個巨大的牢籠。

「什……！」

亞倫說不出話來。

牢籠中關著一隻巨大的狼。

其白銀色的體毛帶有亮麗的光澤，鮮紅色的眼睛也讓人感受到強烈的意志。

這是在魔物中也算是超稀有種的……芬里爾。

長為成狼的話，體型會跟一個家一樣大，但這隻個體跟一個人類差不了多少，再加上牠的毛皮滿是深紅色的血汗，低沉呻吟著的聲音也有氣無力。

夏綠蒂不禁屏息，用顫抖的聲音問道：

「請問，牠是受傷了嗎……？」

「是的……不但跟母親失散，似乎還被非法獵捕者襲擊的樣子。」

園長一臉沉痛的表情搖了搖頭。

芬里爾是瀕臨絕種的生物，若非遇到特別嚴重的狀況，通常是不被允許獵捕的。光是傷到牠，就會不由分說地被科處拘留。

但牠的毛皮或骨頭可以成為優質的魔法道具材料，因此還是不斷發生非法獵捕的情事。

魔道動物園常會收容那些稀有的魔物，並嘗試進行繁殖，再安排讓牠們重返野外生活。

「這是我們第一次收容芬里爾，卻沒有任何工作人員可以跟牠溝通……因此現在還無法替他治療。」

「這確實是一大問題呢……」

亞倫皺起眉間，緩緩靠近牢籠。

就像剛才對斬首兔說話那般，用魔物語言試著跟牠溝通。

『喂，妳聽我說，我們不是妳的敵人——』

「嘎嗷——！」

芬里爾完全沒有聽進他的話。

而且還露出滿是敵意的眼神，直瞪向亞倫，發出凶猛的吼叫。

基本上，高等的魔物幾乎不會聽人類說的話。

在牠們看來，人類就跟史萊姆是差不多的存在。若是想跟牠好好溝通，就只能帶高等級的魔物師來，或是花時間慢慢跟牠培養信賴關係。

照現在這個情況看來，想要靠近到能對牠使用回復魔法的距離都很困難吧。

何況要是不小心刺激到牠，也可能會造成傷口撕裂。

「嘖……果然還是沒辦法。」

亞倫對自己的無力感咂舌一聲，現在只能緩緩往後退開。

看他這個樣子，園長也嘆了一口氣。

「自從收容牠之後就一直是這個樣子，餵牠東西也都不肯吃。就算想等牠習慣我們，也不知道牠的體力撐不撐得到那個時候……」

「嗯，這邊沒有魔物師嗎？」

「我們的工作人員等級都還不足以跟芬里爾這種程度的魔物溝通……是已經聯絡其他動物園了，不過——」

當園長在跟亞倫商討的時候。

夏綠蒂將手指交握在胸前，遠遠地一直盯著牢籠看。

「芬里爾……」

看牠這副模樣，就會更加湧現想救牠的心情。

這也是某種緣分。亞倫重新面向園長，並開口說……

「總之，我也會盡可能提供協助——」

「不得了了！」

這時，響起一道倉促的腳步聲。
氣喘吁吁的飼養員衝了進來，大聲喊道：
「應該是牠母親的那隻芬里爾……正朝著我們動物園過來！」
「什麼……！」
現場因此一片譁然。
園長也鐵青著臉，上前逼問提出報告的飼養員。
「怎麼可能！收容這孩子時都已經將氣味全部消除了，甚至用了斷絕氣息的魔法！為什麼會被發現牠在這裡！」
「只能推測對方的魔力相當高強……」
「那確實是住在這個地方百年以上的個體……看來是超乎了我們的預期啊。」
園長跟工作人員們都一臉苦澀地低下頭去。
芬里爾之所以著名，不只是因為相當稀有，單純能力高強也占了很大的原因。
若是活了百年以上的個體，要摧毀一個城鎮應該都絕非難事。
那樣的魔物正朝著這個動物園逼近，明顯是相當嚴重的事態。
亞倫感受到一道冷汗流過背脊，他也只能低吟。
「看在對方眼中，動物園應該就是擄走小孩的犯人……不可能我們老實地將孩子還給牠就沒事了。」
「而且也還沒完成治療，讓牠出去外面太危險了。更何況看到孩子受傷的樣子，那個母親又會做何感想……」

「只會火上加油吧……」

亞倫重重地嘆了一口氣。

如此一來……該做的就只有一件事情了。他稍微活動了一下肩膀說道：

「沒辦法了，我先去拖住那個母親。」

「什麼……就算是克勞福德家的公子，這樣也太有勇無謀了！」

「還好啦，我很擅長處理這種逞凶鬥狠的事情，交給我吧。不過以防萬一，還是請你們先疏散園內的客人。」

「唔……非常抱歉，我明白了……」

「很好，那麼夏綠蒂，妳也跟客人們一起——」

「亞倫先生！」

「一起逃」這三個字還沒講完就被打斷了。

夏綠蒂的雙眼直看著亞倫。

在那對眼睛中，寄宿著至今從未見過的強烈的意志光輝。

「你剛才有說過，我搞不好具備魔物師的才能對吧。」

「喔，我確實有這麼說過……但是……」

這時，亞倫皺起眉頭。

因為光是這句話，他就明白夏綠蒂想說什麼了。他緩緩搖了搖頭。

「……妳別那麼做，太危險了。」

「但是，我無法忍受自己……這樣坐視不管。」

夏綠蒂固執地不肯退讓。

她深深低下頭用顫抖的聲音懇求。

「拜託你了。要是覺得有危險，我會立刻逃命，所以請讓我跟那孩子溝通看看！」

「夏綠蒂……」

「這位小姐究竟是……？」

園長微微歪過頭，但帶亞倫他們來的飼養員用開朗的聲音說：

「這位客人說不定辦得到！因為剛才在互動專區，她沒使用任何魔法就馴服那些魔物了！」

「但那邊的魔物本來就都是比較溫馴的類型吧……」

「再怎麼說，芬里爾的難度也太高了……」

幾乎所有人都抱持著懷疑。

然而，亞倫的嘴角卻微微上揚。

（呵……真的改變了呢。）

直到不久之前，只要亞倫說不行，她就會立刻妥協了吧。

然而現在的夏綠蒂卻完全沒有要把頭抬起來的樣子。

起初相遇的時候還像個人偶般的少女，現在想為了他人挺身奮戰。

這樣的變化更點燃了亞倫的鬥志。

他揚起笑容，拍了拍夏綠蒂的肩膀。

「那就交給妳吧。去說服那孩子，讓牠接受治療。」

「好、好的！」

夏綠蒂抬起臉來，握緊了拳頭。

「園長，能不能請你讓這傢伙試著跟芬里爾的小孩對話看看？她似乎具備著很高的魔物師素質。」

「……既然是克勞福德家推薦的人選，那就這麼辦吧。反正我們也沒有其他方法了……」

「好，那就這麼決定了。」

至今亞倫也曾跟夏綠蒂兩人一起完成過一些事情。

但這是兩人第一次的……共同戰鬥。

「那我們就上吧，與狼對話去！」

「好的！」

就這樣，亞倫留下夏綠蒂，從動物園的後門走出來。

眼前一片像來到這個地區時從車窗看過去的平原，無止盡地延續下去。

距離日落還有好一段時間，天上一片晴空萬里無雲。

而就在那地平面與天空的界線上，揚起了陣陣塵埃。

伴隨著地鳴，有好幾道低吟的聲音也傳了過來。一整群直直朝著這裡，以迅猛的速度在平原上奔馳——

「嗯——……這麼說來，那是過著群體生活的魔物呢。」

據說看上一眼就會帶來幸運的芬里爾。

現在有一整群衝過來，亞倫的運氣肯定會直線飆升吧。要是不想著這種事，稍微逃避現實一下可就撐不下去。

「不過這也沒辦法，趁現在張開障壁吧。」

捲起體內的魔力，做出將整個動物園包覆住的圓頂型障壁。

如此一來，待在裡面的人們就安全了吧。

「好了，接下來……唔！」

突然間，亞倫的背後竄過一道疾風。

在他馬上回過頭的眼前——是一整排尖銳的獠牙。

「嘎嚕啊啊啊啊啊！」

看起來就像地獄之門的巨大嘴巴一口氣咬上了亞倫。

將他整個人從頭吞了進去，並將獠牙刺進身體，胡亂地甩來甩去。一般來說，這樣肯定會當場死亡。

然而被咬住的亞倫，左手卻緩緩動了動——

「『痺電（Paralyze）』！」

「……！」

啪嚓！

放出一道耀眼的電光，因此感到驚訝的芬里爾將亞倫吐了出來。

亞倫就這麼滾倒在草叢邊，一邊擦著臉上的口水，自嘲地笑了笑。

他的身體上散發著淡淡的光輝。

「哈，防禦魔法趕上了啊。竟會發起佯攻，真是嚇人。」

「嘎嚕嚕嚕嚕……」

咬住亞倫的那隻個體。

那可真是讓人需要抬頭仰望的龐大身軀。

身體約有十公尺高。

牠的右眼有一道很深的傷痕，覆在身體上的毛皮是耀眼的金黃色。

那隻蘊含著滿滿殺意的單眼緊緊瞪著亞倫。這恐怕就是那隻活了百年以上的個體，也是那孩子的母親吧。

總之，亞倫先試著用魔物語言向牠搭話……

『請先聽我說！我們是將妳的——』

「嘎啊啊啊啊！」

「嘖……果然還是行不通啊……！」

就跟那孩子一樣，對方甚至沒有打算要站在對等的立場溝通。

「既然如此……我也只能動用武力了！」

「「「嘎嗚！」」」

亞倫身後閃現了藍色光芒，接著爆出幾聲哀號。

當光芒終於平復下來後，有幾隻被冰凍起來的芬里爾。

其數量約有十隻。每一隻的體型都跟動物園收容的那隻個體差不多大，可以推測出應該是牠的兄弟。

那是事前設置好的冰之陷阱。

「好了，就剩下妳而已！」

「嘎嚕啊啊啊啊啊啊！」

於是，這句宣言就成了開戰的信號。

要爭取時間，直到夏綠蒂說服那隻芬里爾的孩子，並替牠完成治療。

然而……這項任務的難度比想像的還要更高。

「『爆業火（Explo）……啊啊不行，『火球（Fire Ball）』！」

「嘎啊！」

差點擊出幾乎凌駕於芬里爾的巨大火球時，亞倫連忙換成籃球大小的火球進行攻擊。

然而，這點程度的火力甚至無法讓對方的毛皮產生一點焦黑。

儘管亞倫必須手下留情，但對方當然沒有任何顧慮。無論是用身體撞擊、揮下那尖銳的利爪，又或是以那副獠牙咬過來，面對這些攻擊，亞倫都只能勉強閃躲過去。

（可惡……！又不能用威力比這個更強的魔法攻擊……！）

他盡可能不想傷害到芬里爾。
「『冰結縛（Ice Bind）』。」
「！」
可是那些能阻止行動的魔法類型對牠全都不管用。
在冰的束縛完成之前，牠就盡全力掙脫了。
正當他苦思著該如何展開攻擊才好的時候——
「嘎啊啊啊啊！」
「呃！」
伴隨著芬里爾氣勢十足的喊聲，牠長長的體毛像針一般射了出來。
如槍林彈雨般傾注而下的毛讓這一帶揚起厚厚的沙塵。
這時，沙塵大幅搖晃了一下……眼前又是那排尖銳的獠牙。
「哎呀……」
他身體依然包覆著防禦魔法，是不會因此而死。
但又要渾身沾滿口水了啊……就在亞倫死心地這麼想著的時候。
「啾！」
「嘎唔……！」
「啊……？」
一道身影擋在亞倫面前，芬里爾也立即停下了動作。

亞倫只能瞪大雙眼。
眼前是一隻跟人類差不多大的純白色毛球，那正是——
「斬首兔……？」
「啾～」
互動專區的兔型魔物為什麼會擋在眼前？
芬里爾似乎也對突然闖進來的對象感到困惑不已。
牠暫且收起騰騰殺氣，緊盯著斬首兔。
這時，亞倫回過神來，趕緊用魔物語言喊道：
『唔、喂！快點逃啊！』
『為什麼要逃～？』
斬首兔不解地做出歪頭的動作。
那個動作本身是十分討喜，也很平和。
然而，現在這個狀況實在過於緊迫。
分明是如此，斬首兔卻一動也不動，只是逕自啾啾啾地安逸鳴叫著。
『難得大家都來了嘛～讓我們再待在外面一下啦～』
『……大家？』
他聽見這個難以理解的詞而歪過頭，但就在這個時候。
咚！

「唔喔！」

伴隨著驚人的地鳴，有好幾道身影緩緩降落在平原上。

以萬年長壽為傲的萬古龍。

身上纏繞著業火的不死鳥。

有著老鷹翅膀以及獅子身體的奇美拉。

而且動物園的後門開啟之後，一些不能飛的魔物也接連現身。

那些恐怕都是飼養在動物園裡，又或者是收容於其中的魔物。而且牠們全都井然有序地出來，與其說是脫逃，眼前的光景更像是在遊行。

亞倫只能啞然無言地看著發生在眼前的狀況……

「啊！亞倫先生～！」

「夏綠蒂！」

騎在地獄水豚背上的夏綠蒂朝這邊過來。

其他魔物也都緩緩讓開一條路，乖巧地退到一旁待命。

亞倫連忙跑到她的身邊。

「這、這是怎麼回事啊？芬里爾的孩子怎麼樣了？」

「那當然……沒問題了！」

就在夏綠蒂揚起滿臉笑容的瞬間。

一道大大的影子飛越亞倫他們的頭上。

輕輕降落到地面上的是……那隻受到收容的銀色芬里爾。儘管毛皮還有些髒汙，但牠的姿態能讓人感受到生命力。

那隻幼年芬里爾拚命地對母親嗷叫。

「嘎嚕嚕、嚕——！」

「嘎唔……？」

這讓母親瞇起雙眼，認真地傾聽自己孩子的聲音。

之後不但收斂起殺氣，表情也稍微柔和了起來。

看樣子是在向牠說明事情的原委。

夏綠蒂撫著胸口，像是鬆了一口氣。

「亞倫先生離開之後，我就很努力地試著對那孩子說話，結果牠好像理解了……也好好完成了治療喔！」

「真、真的辦到了啊……」

亞倫呼出了一口氣。

不過，即使如此還是有無法理解的事情。

他看著四周井然有序地排排站的魔物們，低聲問道：

「所以說，這些是怎樣……？」

「那個，我打算來到芬里爾及亞倫先生身邊時……大家很替我感到擔心，說要跟我一起來……於是……就跑來了。」

「難道……妳能理解魔物語言嗎？」
「是、是的，雖然只能大概聽懂……但我可以理解了！」
夏綠蒂天真地這麼回答。
連亞倫都花了半年左右才學會初級的魔物語言……
（只要好好訓練一番……說不定就能將她培育成與我不相上下的魔物師了吧？）
與最強的大魔王並肩同行的，最強的魔物師。
總覺得可以組成一對無人可匹敵的搭檔。
就在他產生這種預感時。
「嘎嚕……」
「哇啊！」
一道低吟在身後響起，讓他的肩膀抖了一下。
回頭一看，只見芬里爾的母親佇立在那裡。
牠垂眼看著亞倫，用下巴示意那些被冰凍起來的孩子們。
夏綠蒂靠在他耳邊悄聲地說：
「牠好像在說已經不會攻擊我們了，希望可以放開牠們。」
「啊，喔，我知道了。」
打了一記響指，冰立刻就融化，兄弟們也都恢復了自由之身。
看著兄弟們抖動身體，甩掉水滴的樣子，芬里爾的母親似乎也放心了。但當牠要就此轉身離去的時候——

「那、那個，請等一下！芬里爾的母親！」

「……」

夏綠蒂朝著牠的背影喊道。

芬里爾的母親緩緩回過頭來。

夏綠蒂先用手指向銀色的芬里爾，接著對牠低下頭。

「請讓那孩子再待在動物園一天吧。受傷的地方確實幾乎都痊癒了，但好像還要做些檢查……拜託妳了。」

「……」

芬里爾用單眼緊盯著夏綠蒂。

在四周飄盪著緊張感，亞倫也擺好架式時……卻沒有發展成大家擔心的狀況。

「嘎嚕……」

「咿呀！」

芬里爾用大大的舌頭舔了一下夏綠蒂的臉。

受傷的那孩子也湊到夏綠蒂身邊，像在撒嬌般蹭著她的身體。眼前的變化令人難以想像牠是剛才在牢籠裡威嚇地低吟著的同一隻個體。

雖然有很多想吐槽的地方……

「不過……也算是解決一件事了吧。」

「卡嗶～」

揹著夏綠蒂過來的那隻地獄水豚對他激勵地說『做得好啊，年輕人』。

「卡嗶嗶卡嗶～」

「啊？你說『明明頭上長著稀奇古怪的東西，還真是深藏不漏』？到底是在說什……啊！」

伸手摸了摸頭，這才赫然驚覺。

他就跟夏綠蒂一樣……自己也還戴著那個貓耳。

滿月綻放著光輝，高掛於夜空。

隱身於闇夜之中，有一群人徘徊在湯之葉地區的山中。

所有人都全副武裝，散發出森嚴的氛圍。

一個體格特別高大，看起來像是老大的男人緊緊瞪著森林的深處。

「真的是這個方向沒錯吧？」

「是、是的。肯定沒錯，我有看到牠們回去的身影。」

「話說回來，沒想到那隻小孩會被動物園收容起來，真是災難一場呢……」

「就是說啊，明明好不容易才把一隻逼到絕境了。」

老大先是嘆了一口氣，接著揚起奸笑。

「但是，既然還有其他小孩就是我們的好運了，看我們來個一網打盡。」

「是！我們也帶了各式各樣的毒藥來，就算牠們的父母出現也不用怕啦！」

「畢竟一隻小孩就值百枚金幣了。哎呀，世上也是有這麼好賺的甜頭呢！」
「結束之後就先去妓院爽一番吧！」
陰暗的森林之中，卑劣的笑聲響徹四周。
任誰看來這都是非法獵捕的集團，既然如此……處分也決定了。
「『冰結縛』。」
「啊嘎！」
腳邊的地面突然凍結起來，男人們的哀號迴響在山林之間。
就算他們舉起長劍，想敲碎凍結到膝蓋附近的冰，卻連一個裂痕都沒有。
這時，亞倫出現在喧鬧起來的他們面前。
「唔嗯，還真的悠悠哉哉地跑來了啊。壞人的想法就是這麼好懂，幫了大忙呢。」
「這、這是怎樣！你這混帳……！」
「無名小卒不足掛齒，我這次只是來陪同的而已。」
「你說陪同是……！」
男人們的臉色變得蒼白。
因為伴隨著沉甸甸的地鳴聲響起……芬里爾的母親從林木之間露出臉來。當然，其他孩子們也跟牠在一起。
牠們緊瞪著非法獵捕的這群人，並發出低吟。
「嘎嚕嚕……！」

「咿咿咿咿——！」

光是如此，他們似乎就察覺到等待著自己的會是怎樣的命運。

男人們一邊顫抖著，開始求饒。

「拜託、拜託你了……！至少救我們一命！」

「是在拜託什麼啊，我當然不會殺了你們，只會把你們移送法辦而已。」

「咦？是、是嗎……？」

男人們的臉上很明顯地褪去了恐懼。

亞倫並沒有說謊。多虧有夏綠蒂說服了芬里爾牠們，雙方有約定好就算發現了非法獵捕的人，也不能奪去他們的性命。

但是……復仇倒是一定要的。

「別急別急，在那之前……『強化防禦（Defense Up）』。」

「咦？」

亞倫打了一記響指，男人們的身體就散發出淡淡的光芒。

這是提高防禦力的魔法。

話雖如此，他有將效果降低了一點。如果只是賞個耳光會覺得不痛不癢，但若是盡全力揍上一拳就會覺得有點痛——就是維持在這麼絕妙的程度。

亞倫對芬里爾一家露出爽朗的笑容。

「來吧，這樣不管怎麼咬，他們都不會死喔。你們就盡情地發洩一番吧。」

「嘎嚕嚕啊啊啊啊啊！」

「咿——不要啊啊啊啊！」

就這樣，那些非法獵捕的人就像骨頭點心一般，被芬里爾一家啃了整個晚上。

隔天早上。

「這次……真的非常感謝兩位！」

在飯店的玄關前，人魚的接待人員低頭致謝。

因為亞倫他們要回去了，她特地前來目送兩人。帶著滿臉笑容，她繼續說道：

「這位客人，我都聽說嘍！您竟然救了那個芬里爾！」

「呵，還好啦。」

亞倫淺淺一笑，輕拍了夏綠蒂的肩膀。

「順帶一提，立下這項功勞的人是這傢伙。」

「哎呀，原來是這樣！」

「咦咦咦！」

夏綠蒂大聲驚呼。

她睜大了雙眼，畏畏縮縮地開口說：

「治好芬里爾傷勢的是動物園的大家，而把那些壞人逮捕歸案的是亞倫先生吧。我只是跟牠們說說話而已，沒做什麼了不起的事……」

「但是，如果沒有妳，這件事也沒辦法如此圓滿地收場。」
芬里爾的小孩會繼續拒絕治療，而牠的母親也怒不可遏。
如此一來，亞倫一定會為了保護動物園而傷害芬里爾的母親。
「所以，這是妳的功勞，妳大可為此感到驕傲。」
「我、我的……」
夏綠蒂還是傻傻地愣在原地，緊盯著自己的掌心。
這時，人魚朝這樣的她再次低頭致謝。
「這位客人，非常感謝您，這樣就能再看到那些孩子們精神百倍的身影了！」
「……是啊！」
夏綠蒂用開朗的笑容做出回應。
這趟三天兩夜的溫泉旅行不但玩得很開心……對夏綠蒂來說，也是一次收穫良多的經驗。
回去之後，還得向米雅哈及鎮上的人們道謝才行。
雖然關於住宿方案一事有點微詞……但基本上亞倫也感到很是滿足。
「那麼，我們也該回去了。」
「馬車已經替兩位準備好嘍～這邊請。」
「謝謝你們的照顧……咦？」
「嗯？怎麼了嗎？」
無意間，夏綠蒂朝另一個方向看去。

亞倫也下意識地朝那邊看了過去——

「唔喔！」

那個瞬間，巨大的身影降落在地面。

發出沉重巨響的，正是那隻芬里爾的母親。

其他孩子也接連跟在後頭，讓飯店前一口氣喧鬧了起來。

「呀啊啊啊啊啊！是芬里爾！而且還是一大群！竟然可以這麼近距離地看到……我活了兩百年，這還是頭一遭！」

雖然人魚非常激動地興奮起來，但其他客人有些驚慌逃竄，有些感到困惑，有些則發出歡呼，做出了各式各樣的反應。

亞倫抬頭看著芬里爾的母親，不禁感到不解。

「難道是來跟我們道別的嗎？」

「嘎唔！」

牠感覺心情很愉悅地短短鳴叫了一聲。

在牠腳邊探出頭來的……是那隻有銀色體毛的孩子。身上的血汙都已經弄乾淨了，腳步看起來也很輕盈。

看樣子是去動物園接牠回去的。

夏綠蒂見到牠的身影，表情也亮了起來。

「哇啊！是昨天那隻芬里爾！」

「哇呼！」

「看起來已經恢復精神了呢，真是太好了。」

被夏綠蒂撫摸著，小芬里爾感覺很開心地瞇起了眼睛。

眼前這麼和平的光景，讓亞倫也難得地產生了溫暖的心情……但那隻芬里爾接著嗷嗷地叫了幾聲之後，夏綠蒂驚訝地睜大眼睛。

「咦……什麼——！真的嗎……？」

「怎麼了？」

夏綠蒂一邊摸著芬里爾的頭，怯生生地表示：

「這、這孩子，大概是在說……想跟我們一起走。」

「什麼！」

就連亞倫也感到驚訝不已，但牠似乎真的是這個意思，因為牠的母親及其他兄弟全都一副若無其事的樣子，就像來目送家人離開的氣氛……

「喂喂喂，這樣真的好嗎？牠是妳寶貝的孩子吧。」

「嘎嚕嚕！」

芬里爾母親的這聲鳴叫，亞倫也多多少少可以理解。

牠應該是想說「越是疼愛的孩子，就更該支持牠踏上旅途」吧。

夏綠蒂不安地皺起了眉間。

「但、但是……離開家人不會感到寂寞嗎？」

「關於這點，您應該不必擔心。」

這麼回應的是人魚的接待人員。

「兩位客人是住在古洛爾那邊吧？以芬里爾的腳程來說，大概不用一小時就能回到這裡嘍，感覺就像是寄宿而已。」

「原來如此啊。」

這樣亞倫也放心了。

他稍微蹲低一點，對上銀色芬里爾的視線。

昨天從那雙眼中只能感受到滿滿的敵意……今天則是充斥著平穩的光輝。

「好，那就儘管來我家吧，你可要跟夏綠蒂好好相處喔。」

「汪！」

「真、真的好嗎？這樣不只是我，你還得照顧這孩子……」

「沒差吧。」

反正那個家很寬敞，又位在遠離城鎮的地方。

就算多了一個龐大一點的家人，也不會給其他人帶來麻煩。何況四周都是自然環境，不但可以散步，亞倫也有飼養過魔物的經驗。也就是說，沒有任何問題。

這麼說明之後，亞倫順便揚起了一抹笑容。

「何況多了一個家人，也是好事一樁吧。」

「家、家人……我也是嗎？」

「妳在懷疑什麼？當然是啊。」
見到夏綠蒂愣在原地，亞倫歪過頭。
雖然被人說是夫婦還是情侶什麼的會感到困擾……但唯獨這點，他可以光明正大地說出口。
「妳已經是我重要的家人了。」
「…………」
「唔，怎麼突然沉默了下來？我有說什麼奇怪的話嗎？」
「沒、沒事……」
「嘎嚕……」
夏綠蒂滿臉通紅地沉默不語，不知為何，就連芬里爾的母親也對他翻了個白眼。小孩則是跟亞倫一樣，只能歪著頭，摸不著頭緒。
這時，人魚似乎察覺到了什麼。
她用耀眼的營業式笑容，爽朗地說道：
「那麼……等到兩位要來一趟真正的蜜月旅行時，請務必蒞臨本飯店喔♪」

終章　已經不再覺得夜晚可怕

早晨來臨。

聽著鳥囀，夏綠蒂猛地躍起。

「！……咦？」

在床上坐起身之後，她環視了四周。

那是一個狹小的房間，雜亂地堆著許多木箱之類的東西，空氣裡瀰漫著塵埃。窗戶只有接近天花板的那一扇而已，隔著鐵欄杆的另一頭，是一片遼闊的藍天。

夏綠蒂有些茫然地抬頭看著那個窗戶。

蓋在身上的薄毯到處都是破洞。

夏綠蒂身上也只穿著一件破爛到快不能穿的睡衣。

這裡是埃文斯公爵家本家宅邸——當中一處偏遠的置物間。

這就是他們給予夏綠蒂的世界全貌。

一如往常的早晨。

沒有任何變化的日常。

分明是如此……

「總覺得……」

總覺得作了一場很不可思議的夢。

去了不是這裡的某個地方，跟別人一起做了一些事情。除此之外，就全都不記得了。

只是，好像有股溫暖……一種奇妙的感覺殘留在內心深處。

夏綠蒂伸手撫著自己的胸口，想回憶起夢境的內容，卻完全想不起那段記憶，只在心頭產生陣陣刺痛感而已。

這時，鐘聲響起……

「啊，糟了……！」

夏綠蒂回過神來，立刻開始做準備。

今天也是一分一秒都不能浪費。

換上隨便到跟睡衣相差無幾的衣服，她慌慌張張地衝出了房間。

夏綠蒂的母親是埃文斯家的女僕之一。

當時，宗主身邊有一位正妻。

但她的身體虛弱，總是臥病在床，當然也無法奢望能生兒育女。

就在這時，宗主出手染指了其中一位女僕，這可說是古今中外常有的事。

不過為這樁事添上一點變化的，是那個女僕發現自己懷孕之後，就瞞著宗主隱匿了行蹤。

她在一個遠離尼爾茲王國王都的鄉下地方，產下了夏綠蒂。

就這樣單憑一個女人家將她養大。母女倆儘管過著絕對稱不上富裕的生活，但那段時光既清靜又安穩。

這樣的生活持續到夏綠蒂七歲的時候。

母親因為傳染病過世的隔天，公爵家的使者便來到夏綠蒂的眼前。

「早、早安。」

『……』

從後門進到本家宅邸之後，夏綠蒂深深地低頭招呼。

那裡是廚房，有好幾個廚師及女僕們都在忙進忙出。

但任誰也沒有對夏綠蒂看上一眼。

她的招呼當然也沒有得到任何回應。

大家臉上都蒙著模糊的黑影，完全看不出他們的表情。

即使如此，夏綠蒂還是低著頭，快步走向廚房的一隅——並坐到一張小桌子旁。

那裡一如往常地準備了夏綠蒂那一份的早餐。

今天的菜單是麵包、烤牛肉以及法式清湯，乍看之下好像很豪華，實際上卻是宗主他們昨晚吃剩的東西。

麵包已經變得又乾又硬，配在一旁的蔬菜菜葉都變得軟爛，湯也只是溫溫的。

「……我開動了。」

夏綠蒂開始快速吃起這樣的餐點。
嘻嘻、呵呵呵……
四處傳來輕蔑般的笑聲及視線，吃起東西也當然食之無味。
避免讓自己抬起頭來，夏綠蒂一邊數著桌上的木紋，只是一味地持續著進食的動作。
在吃完飯之後，就是打掃的時間了。
『今天這邊就麻煩您了，大小姐。』
「好、好的。」
臉上一樣蒙著模糊黑影的女僕把水桶跟抹布遞了過來。
夏綠蒂接過之後，就去擦拭樓梯扶把及窗戶了。
這就是她每天早上的例行公事。
夏綠蒂的手也因此整年都很粗糙，甚至發紅。冬天時甚至還會乾裂到出血，得萬分留意不要弄髒家具，很是辛苦。
每天被交付要打掃的地方都不一樣。然而，也有些事情從來不會改變。
「呀……！」
『哎呀。對不起啊，大小姐。』
拚命擦著窗框時，有女僕從身後撞了過來。
她的臉上也是蒙著模糊的黑影。留下一句不帶誠意的謝罪，就跟另一個女僕一起走遠。
『竟然「呀！」地叫呢，有夠做作~』

『就是說啊，愚笨到令人難以想像她身上帶著家主大人的血脈呢。』

她們像是刻意要讓夏綠蒂聽見般笑了笑，消失在走廊的深處。

目送她們離開之後……夏綠蒂繼續回到擦窗框的工作上。雖然也沒有特別堆積著什麼灰塵，但既然被人吩咐了，就得打掃才行。

這時，傳來了一道細細的聲音。

『姊、姊姊……』

「啊！」

猛地回過頭，眼前站了一個年幼的少女。

她有著一頭散發光澤的金髮，以及鮮紅色的眼睛。

不但有如人偶般端正的容貌，身上還穿著品質高檔的服裝，然而她的表情卻很僵硬，她的臉上則是一點黑影也沒有。

夏綠蒂停下手邊打掃的動作，對少女深深低頭致意。

「早安，娜塔莉亞小姐。」

『……早安。』

娜塔莉亞．埃文斯。

她是埃文斯家的次女，也是夏綠蒂同父異母的妹妹。

現年七歲，是夏綠蒂十歲時出生的。

她是宗主跟正妻之間生下的孩子，是繼承了正統埃文斯家血緣的人。

因此，她也受到傭人們的喜愛，更受到珍視的對待。
夏綠蒂也是，以前是更自然地跟妹妹相處，也很疼她……但自從被繼母責備了之後，便跟其他傭人一樣，開始用敬語跟她說話。
但娜塔莉亞並沒有改變，不，她依然將彼此之間的關係視為姊妹。
她祈禱似的交握起手指，抬眼看向夏綠蒂。
『姊姊，妳今天有空嗎？希望妳能唸書給我聽。』
「今天……」
夏綠蒂不禁語塞。
她很想實現娜塔莉亞的願望，然而，那終究是不可能的事。
她只能懷著胸口就快撕裂開來的感受，緩緩搖了搖頭。
「對不起……請下次再約我吧。」
『……我知道了。』
娜塔莉亞像是低下頭一般點了點頭。不過，她立刻又抬起臉來。
接著將一個小瓶子遞給夏綠蒂。
『這個給妳，因為姊姊的手指看起來好像很痛。這是藥膏，請拿去用吧。』
「謝、謝謝……您。」
夏綠蒂畏畏縮縮地接過那個小瓶子。
妹妹偶爾會像這樣偷偷給夏綠蒂各式各樣的東西。

有時是水果，有時是文具。比起那些物品本身，娜塔莉亞關心自己的那份心意每每都讓夏綠蒂感到鼻酸。

姊妹倆沉默了一陣子。

打破這陣寂靜的，是一臉快要哭出來的娜塔莉亞。

『那個，姊姊，我很快就會長大了，然後就會將姊姊──』

『娜塔莉亞。』

『唔……！』

娜塔莉亞的表情立刻僵住。

不知不覺間，一股氣息來到了夏綠蒂的身後。

不用回頭也知道對方是誰。

雙腳都不禁發軟，頭上也一陣發麻。

即使如此，夏綠蒂還是嚥下了恐懼，緩緩轉身並低頭致意。

「……早安，柯蒂莉亞大人。」

『嗯。』

回以生硬的聲音並點了點頭的，是穿著一身頂級漆黑禮服的女性。

那是現在埃文斯家宗主的第一夫人，柯蒂莉亞・埃文斯。

前妻因病過世之後，宗主迎娶回來，成為後妻的女性。

既是娜塔莉亞的親生母親，也是夏綠蒂的繼母……但她還很年輕，才二十五歲而已。將一頭深紫色的髮絲綁成螺旋捲，身上四處都穿戴著寶石。

而且……她全身都纏繞著模糊的黑影。

黑影的縫隙之間，唯獨可以窺見像燃燒的火焰般勾起一抹紅的嘴唇。

『母親……大人……』

聽見娜塔莉亞嘟囔地喚了一聲，柯蒂莉亞只是瞥了她一眼。

很難想像這是對待親生孩子的態度。不過，這就是她的常態。

柯蒂莉亞用不帶任何感情的冷漠聲音對夏綠蒂說：

『老師來了喔，快點過去。』

「是、是的。」

夏綠蒂連忙收拾起水桶。

結束了早晨的打掃之後，家庭教師就會來到宅邸，開始替她上課。課程內容是為了成為王子的新娘必備的教養……像是文學、音樂、刺繡以及騎馬等等，徹底地教導她各種事情。

夏綠蒂並不討厭學習。

只要聚精會神，就能一時忘掉其他事情，而且一旦學會以前辦不到的事情，也會有成就感。

但是……有一大問題。

那道模糊的黑影緩緩揚起嘴角——笑了。

『今天我也在一旁看妳上課吧。』

「唔……！」

夏綠蒂重重地倒抽了一口氣，她自己也知道現在臉上肯定是一片鐵青。

就連娜塔莉亞也像是快要哭出來一般，扭曲了表情。

然而柯蒂莉亞一點也不在乎姊妹倆的動搖，繼續說下去：

『不能對老師不敬喔，夏綠蒂。』

「好的……」

夏綠蒂勉強只能擠出這麼一句話而已。

就這樣，夜晚終於降臨。

細微的哽咽聲消融在連蟲子都不發出蟲鳴的寂靜之中。

「咿嗚、嗚……嗚……」

在一片漆黑的房間裡，夏綠蒂壓抑著聲音，不斷哭泣。

這裡不是自己位於別館的房間，而是本家宅邸地下室的食材倉庫。這個地方理當沒有窗戶，空氣也十分冷冽，充斥著整個空間的幽暗，深沉到連自己的指尖都看不清。

柯蒂莉亞有時會陪同夏綠蒂上課。

表面上是關照著女兒的溫柔母親。

但實際上並非如此。

當夏綠蒂做錯的時候、答錯問題的時候及她失敗的時候，柯蒂莉亞就會給予懲罰。

『妳為什麼連這種事情都辦不到啊！』

『妳這個埃文斯家之恥……！』

『為什麼像妳這種人……！要是沒有妳，我早就……！』

那就像是一場風暴。

家庭教師們都只是鐵青著一張臉，任誰都沒有上前阻止。

夏綠蒂也只能壓下聲音，拚命地忍耐。

柯蒂莉亞以前對待夏綠蒂還算親切。

雖然擺明了不喜歡她，但還是會為了面子，跟她維持著虛假的母女關係。然而在娜塔莉亞出生之後過了幾年……某一天，她的態度突然就改變了。

她將夏綠蒂視為眼中釘，不斷將憤恨發洩在她身上。

但她完全不明白這是為什麼。

身為宗主的親生父親似乎對這些事一點興趣也沒有。不管柯蒂莉亞怎麼虐待夏綠蒂，也從來不會正視一眼。說穿了，他不在家的時間還比較長。

再加上今天很不幸的，夏綠蒂被打到整個人倒下來的時候，娜塔莉亞給的那瓶藥不小心掉了出來。

就算被認定是偷走了家裡的東西，夏綠蒂依然一聲不吭。

因為她想盡量避免連累到妹妹。

娜塔莉亞是柯蒂莉亞的親生女兒，儘管對她毫無關心，至少不曾對她暴力相向。但是，若被發現她是站在夏綠蒂這邊的，很輕易就能想像到矛頭會指向她。

夏綠蒂因此受罰，被關進了這片黑暗之中。
她討厭這裡。然而她也知道無論自己再怎麼哭喊，也不會有任何人前來救助。
反而還可能會受到更嚴厲的懲罰……夏綠蒂能做的，就只有忍耐而已。
「嗚、嗚、嗚嗚嗚……」
好可怕。好可怕。好可怕。
討厭黑暗又討厭痛，但更討厭的是這股寂寞。
但是，無意間……她不禁察覺到一件事。
（待在這裡……至少就不會痛了。）
這裡只有一片黑暗而已。
不但沒有會恥笑夏綠蒂的人，也沒有會傷害她的人，這裡沒有任何人在。雖然不能見到妹妹有點難過……即使如此，比起外頭，應該更能輕鬆地呼吸才是。
當她察覺這點時，周遭的黑暗開始蠢動了起來。
黑暗化作明確的形體，纏上夏綠蒂。
那是無肉又粗糙的手，簡直就是自己那雙可憐的手。
好幾十隻那樣的手捉捕著夏綠蒂的身體。
最後黑暗與身體的界線混在一起時，夏綠蒂也緩緩閉上了眼睛。
就這樣被黑暗吞噬好了。

什麼都不用煩惱，也不用受苦，只要沉沉地安眠——

「哭哭啼啼、陰陰鬱鬱的，對健康不好喔！」

「唔……！」

轟隆——！

突然間，一道玩笑般的轟聲巨響撕裂了黑暗。

夏綠蒂嚇了一跳並睜開雙眼。

她的眼前果不其然充斥著一片光芒，黑暗就像被直接打破了牆壁一般，開了一個大洞，在那另一頭可以窺見跟這片黑暗互成對比的純白世界，然後那裡……站了一個身穿長袍的青年。

半黑半白的頭髮，像是這個世界將要毀滅一般緊緊皺眉的表情。

那是一位從沒見過的青年。

「你、你是……？」

「啊？喔，嗯——這個嘛……」

少年稍微沉思了一下，隨後果斷地說：

「我是大魔王，是來擄走妳的。」

「咦……？」

「好了，別再拖拖拉拉的，快過來這邊。這種地方，妳連一刻都不該多待。」

自稱大魔王的那個青年沒有任何遲疑地伸出右手。
他的臉上沒有蒙上任何一片黑影。他所在的地方既明亮又溫暖，這片黑暗根本無法與之匹敵。
但是，即使如此……夏綠蒂還是搖了搖頭。
「不行……」
「啊？」
「外面……外面很可怕。但是，這裡什麼都不會有……」
夏綠蒂這麼說著，頭也垂了下來。
黑暗依然纏繞著她的身體，抓著她不肯放開，就像在一再重申夏綠蒂只能活在這裡。
本應是這樣的——
「別擔心。」
「……咦？」
青年踏入黑暗之中，在夏綠蒂面前屈膝跪下。
臉上浮現溫柔笑容的他這麼說：
「我不會放開妳的手了，並發誓會保護妳不受到任何事物的傷害，所以……我們走吧。」
之後，他再次伸出右手。
夏綠蒂不禁倒抽了一口氣。她畏畏縮縮地抬起右手……並輕輕觸碰他的手。
在那瞬間，這片黑暗就像破掉的氣球般彈開，明亮的光芒改寫了整個世界。

醒來的時候，她正躺在全新的床上。
「……啊。」
夏綠蒂緩緩坐起身子。
她一邊揉著沉重的眼皮，環視了四周。
有床跟衣櫃，還有書桌跟椅子，以及還沒放上幾本書的書櫃。
雖然簡樸，卻是個很舒適的空間。而且同一張床上，還有前幾天因為一些事情變得要好的幼年芬里爾——露，也正沉沉地睡著。
這裡並不是……埃文斯家。
這是亞倫的房子，而這裡是夏綠蒂的房間。
窗外是一片深沉的夜空。
感覺距離黎明還有好一段時間，外頭就連野獸的聲音也聽不到，四周是一片寂靜。
夏綠蒂茫然地喃喃自語。
「……好像作了什麼夢……」
夢境的內容幾乎記不太清楚了。
唯獨害怕得受不了的心情還明確地殘留在心頭。
大概是夢到還在埃文斯家時的事了吧。
這是自從她住進這個家之後，第一次作的惡夢。一開始都睡得非常沉，夜夜無夢，但這或許是已經開始習慣這種生活的證據吧。

但是……既然如此，還比較想夢到開心一點的事。

「不過，好像也算是……有點不錯的夢吧。」

那場夢境不全是可怕的事情。最後，還殘留著好像觸碰到了什麼溫暖的觸感，搞不好是夢見了令人懷念的妹妹。

夏綠蒂朝床頭櫃伸出了手。

打開第一層之後……那裡放著一本繪本。

這是前幾天自己一個人上街買東西時，碰巧看到的。

內容很簡單，就是一群孩子們去魔道動物園，並玩得很開心的故事。那跟夏綠蒂童年時讀過的是同一本書。

她想著要是終有一天可以再與娜塔莉亞重逢就要唸給她聽，就買了下來。

夏綠蒂輕輕撫過繪本的封面。

「不知道在夢裡有沒有唸給她聽呢……」

就連這點都記不得，總覺得有點可惜。

但是……她再也沒有睡意了。

因為說不定還會再見到那場夢。

這次可能會變成只令人感到害怕的一場惡夢。

夏綠蒂不禁抖了一下身子。

就這樣，她躡手躡腳地輕輕下了床。

就去喝杯水，靜待天明好了。

下定決心之後，她朝客廳走去……卻看到從門縫間透出一道亮光，讓她不禁睜大雙眼。緩緩打開門之後，只見亞倫就坐在平常的那張沙發上。

發現夏綠蒂之後，他隨意舉起了一隻手。

「喔，怎麼，妳醒啦？」

「是、是的。」

夏綠蒂畏畏縮縮地走近他身邊。

矮桌上雜亂地堆著很多厚重的書籍跟一疊疊紙張。看來，他是寫東西寫到這麼晚。

「亞倫先生……是在工作嗎？」

「沒什麼啦，只是受人請託一些事。」

亞倫聳了聳肩。

「就是那個啦，前幾天不是有遇到梅加斯那傢伙嗎？」

「是、是的，他是鎮上的冒險者對吧。」

大概是半個月前，跟亞倫還有艾露卡她們一起上街時，被捲入了一場小小的風波。

那時遇見的，就是亞倫以前教過的岩人族學生。

「那傢伙說想要重新進行修練，所以我在幫他設計專用的鍛鍊清單。」

「原來是這樣啊……」

對夏綠蒂來說，岩人族就是個既龐大又可怕的存在。

然而亞倫不但輕而易舉地讓他洗心革面，在那之後也有好好地關照他。
思及此，夏綠蒂也不禁笑了出來。
「亞倫先生果然很溫柔呢。」
「不，單純是因為幫人出這種差一步就會升天，卻又勉強死不了的鍛鍊清單是我的興趣。」
「喔……」
「而且岩人族很耐操，我就更起勁了～」
亞倫開開心心地翻起厚厚的一疊紙。好像不經意瞥見了什麼岩漿、什麼海拔三千公尺、一百小時耐久等等嚇人的詞。
一開始會分不太清楚他的發言究竟是不是玩笑話，但最近夏綠蒂也變得稍微可以分辨了。
現在有九成是說真的吧。
剩下的一成，則是連他自己也沒發現的溫柔。
（雖然是個奇怪的人……但亞倫先生更是一個溫柔的人喔。）
這樣的話就算說出口，亞倫也只會害羞地不當一回事吧。
所以夏綠蒂輕笑了兩聲，向他問道：
「我睡不著，可以跟你一起……待在這裡嗎？」
「……當然啊。」
亞倫稍微點了點頭，為夏綠蒂讓出了空間。
但就在這時，他像是靈光一閃般抬起頭來。

「啊，對了，機會難得，今晚就來做那個吧。」
「哪個？」
「那當然是……」
亞倫豎起食指，露出惡作劇般的笑容。
「只有晚上才能做的壞壞的事啊。」
就這樣等了十分鐘後。
「喂～已經可以出來嘍。」
「好、好的。」
回應他的呼喚後，夏綠蒂打開房子的後門。
那裡是一片寬闊的庭院，有亞倫種植藥草的田地以及一口井等等。
而現在在那一隅……點亮了燈火。
「哇啊……！」
他將客廳那張沙發搬了出來，四周更擺放著好幾個提燈。
一旁升起了篝火，並架著鍋子在煮著什麼。
簡直就像露營一般。
亞倫將鍋中的液體盛進馬克杯，並遞到手中來。
「喏，小心燙喔。」
「這個是……熱可可嗎？」

在提燈暖黃的光線照耀之下，淡褐色的液體冉冉飄著熱氣。
上頭還漂浮著三個大大的棉花糖。
亞倫揚起了無所畏懼的笑。
「沒錯，我們就一邊喝著這個，來場天文觀測吧。」
「好、好棒喔！」
夏綠蒂的表情都亮了起來。
簡直就像夢境般的光景。在亞倫的催促下坐上沙發，就能看見滿天星斗。這附近距離城鎮也很遠，沒有任何東西會阻礙繁星的光輝。
當她沉醉於閃耀輝煌的夜空時，亞倫也在一旁坐了下來。
他窸窸窣窣地準備起像是香爐般的東西。
「那是香氛嗎？」
「只是除蟲用的。還有，把這個也披上去。」
「呼噗！」
半空中忽然掉下一件毛毯。
夏綠蒂就照他所說的，拿那件毛毯包覆著身體。
雖然時值春天，晚風還是留著一點冬天的刺寒。
光是披上毛毯就覺得暖呼呼的，相當溫暖。
從香爐中冉冉飄起的煙帶了一點甜美的香氣，似乎也讓心情漸漸開朗。

頭上是滿天星斗。

地上是溫暖的空間。

不管怎麼看，此時都充滿了幸福。

「如何，妳還喜歡嗎？」

「喜、喜歡！而且還很雀躍！」

「這樣啊，那就太好了。」

亞倫啜了一口熱可可……無意間，他揚起了帶點自嘲的笑。

「不過，就算說要天文觀測……我也不太懂星星什麼的就是了。」

「什麼！亞倫先生明明就這麼博學多聞！」

「如果要說星星的配置對魔力的影響，我可是非～常了解，但要說到星座或神話之類的，我就完全摸不著頭緒了。」

若要說這很符合他克己的個性，也確實如此。

所以夏綠蒂伸手指向夜空中的點點繁星。

「呃，那個黃色在發光的，就是蜘蛛座的眼睛部分，在那右下方有地獄水豚座呢。」

「在我看來都不過是光點的聚合體……」

亞倫瞇起雙眼，凝視著夜空。

平常就是一臉壞人樣了，露出這副神情後，感覺更有一股不愧對大魔王名號的威嚴。這讓夏綠蒂咯咯笑了出來。

「因為我在家學了各式各樣的東西，星座也是因為那樣學會的。」
「……這樣啊。」
這時，亞倫的表情稍微沉了下來。
見到他感覺有點不高興的神情，夏綠蒂歪過頭……但在那之後，亞倫又問了很多關於星座的事，這個疑惑也不了了之。
夏綠蒂說明著星星的事情，也侃侃道出跟那相關的神話故事。
亞倫一邊對此做出回應，也順道用淺顯易懂的方式，簡略地向夏綠蒂說明了魔法跟天文之間的關係。
平凡無奇的對話慢慢堆疊，夜幕也越來越深沉。
過了好一段時間——夏綠蒂不禁打起呵欠。
「……想睡了嗎？」
亞倫放下杯子，溫柔地笑著。
「差不多該睡了吧，我送妳回房間。」
「……不。」
對此，夏綠蒂緩緩搖了搖頭拒絕。
「我今天……不想睡覺。」
作了一場可怕的夢。
也很害怕要是睡著，又會再回到那場夢境之中。

夏綠蒂喃喃地說出了這件事，亞倫也認真地聽她說。

（……他要是聽了覺得很傻眼，那該如何是好呢？）

說什麼害怕作夢，簡直就像個孩子一樣。

忽然察覺到了這點，夏綠蒂深深地垂下頭去。

然而——

「別擔心。」

「咦？」

無意間，亞倫輕輕握住了夏綠蒂的手。

掌心傳來了些許的緊張感。

看著傻愣地睜大雙眼的夏綠蒂，亞倫率直地對她說：

「我有說過吧。我不會放開妳的手，無論發生任何事情，都會保護妳到最後。」

接著，他揚起了笑。

「就算妳被惡夢所困，我也一定會去救妳，所以妳什麼都不必擔心。」

「亞倫先生……」

這些極為熱切的字字句句讓她聽得昏頭轉向。

但是……夏綠蒂微微地歪過頭。

「……你有對我說過這樣的話嗎？」

「有啊，我有確實說過喔，妳只是忘記了而已吧。」

「那還真是……有點可惜呢。」

夏綠蒂柔柔一笑。

他不可能說謊，所以剛才這番話一定也曾在哪裡聽他說過……他也確實會保護好自己吧。

一股溫暖包覆著夏綠蒂的身體。

這時，睡意一口氣襲來，亞倫向揉著眼睛的夏綠蒂問道：

「妳要是害怕自己的夢境，要不要來到我的夢裡呢？」

「亞倫先生的夢裡……？」

「是啊，有種可以進入他人夢境的魔法，我可以替妳施展喔。」

「竟、竟然有那種魔法啊？魔法真是厲害呢。」

「嗯——與其說是有，應該說是急就章做出來的吧。」

亞倫不清不楚地含糊其辭，接著說了一句「總之先別管這個」，並改變了話題。

「妳想夢見什麼？我可以讓妳指定喔。」

「那就……」

無論是什麼樣的夢境，只要跟亞倫在一起，感覺就會很開心。

但是，夏綠蒂……刻意說出了自己的希望。

「在夢裡我也想跟你一起看星星。」

「沒問題，小事一樁。」

兩人笑了笑，一起離開沙發站起身來。

直到不久前，還覺得幾乎整個世界都很可怕。
但是現在……就連夜晚也不再可怕了。

番外篇

番外篇　壞壞海邊享受法

那一天，亞倫跟夏綠蒂都癱在家裡。

「好……熱……」

「好熱啊……」

兩個人的脖子上都圍著毛巾，無力地倒在沙發上。

不管再怎麼擦，汗都流個不停，身上的衣服也都濕透了。

這個地區在現在的時節來說，通常都是比較穩定的氣候。然而，這幾天受到天氣異常的影響，連續幾天都不合乎季節地相當炎熱。

從窗外灑進來的陽光幾乎是一種暴力。

就算在垃圾堆中也能過得很自在的亞倫實在難以忍受這樣的酷暑。

他嘆了一大口氣，並抹去流下來的汗水。

「真是夠了，這該死的氣溫……雖然有點早，我看還是先把冷氣魔道具拿出來好了……」

「竟然有那種東西嗎……魔法真是方便呢。」

「方便是方便，但那被收在倉庫的深處，要找出來感覺會有點費力……」

「我、我也來幫忙吧……」

夏綠蒂主動這麼說，但語氣之中明顯沒什麼精神。

上衣因為汗水貼在身上，讓膚色透了出來。她的臉頰熱烘烘地泛著紅潮，渾身無力地倒在沙發上的身影很是煽情。

亞倫也因此趕緊撇開了視線。

要是不趕緊把冷氣拿出來，各方面來說都不太妙。

「嗯，妳這麼說是很感激……但倉庫裡有很多危險的東西，我自己去找就好。妳就乖乖喝水，好好休息一下。」

「不好意思……那就恭敬不如從命了……」

夏綠蒂伸手拿起桌子上的玻璃杯。

吞下了溫溫的水，那纖纖的喉頭也微微顫動一下。亞倫不禁緊盯著從她脖子上滴落的汗水……接著猛地回過神，站起身來。

（不行……實在熱昏頭，腦子都無法運作了……）

還是趕緊把冷氣拿出來吧。

如此下定決心，就在他正要踏入烈日底下時——

「嘎嗚！」

「喔，是露啊，歡迎回來。」

這時，露從玄關那邊走了進來。

看來昨天返鄉的牠現在正好回來了，夏綠蒂也滿臉笑容地上前迎接。

「小露，歡迎回來。過得如何？有沒有跟母親敘舊一番呢？」

「汪汪、汪呼！」

一邊讓夏綠蒂摸著頭，露精神十足地給出回應。

儘管相隔著搭馬車需要花上半天時間的距離，牠看起來卻完全不感到疲憊，而且似乎也沒受到這種酷暑天氣的影響。

分明身上的毛這麼多……亞倫無法理解地這麼想著，並看向牠的後腦勺時，無意間發現了一個東西。

「喂，露，那個行囊是怎麼回事？」

「汪呼～」

「咦……？真不知道裡面是什麼呢。」

露的脖子上綁著一塊布巾，被埋在牠長長的體毛裡。

夏綠蒂解開布巾後，打開就看到裡面有一封信，以及另一個用布巾包起來的東西。信封印有封蠟，刻在上頭的是「湯之葉度假村」的字樣。

「這是我們之前住的那間旅館吧……？」

「是啊……我看看。」

亞倫接過信封，看起當中的信箋。

這是當時服務兩人的人魚接待人員所寫的信。

在那之後，芬里爾牠們比較常現身在平常的那座山丘上，觀光客也因此增加了。

為了保護芬里爾，那個地區的人們也組成了義警團。
她以親切有禮的文字，接連寫下了許多道謝的字句以及在那之後發生的事。
真是細心啊……一邊感到佩服地讀了下去，這封信最後以這麼一句話作結。
『在此，有份禮物要贈送給兩位♪』
「敬請利用這個，撐過這波酷暑吧」的這句話，讓亞倫只能不解地歪過頭。
「禮物……？」
「哇！」
歪過頭的時候，夏綠蒂忽然驚呼了一聲。
當她想拿起跟信件放在一起的布巾時，裡面的東西似乎就掉了出來。看見散亂在地板上的那些東西，亞倫睜大了眼睛。
「那該不會是……」
「泳裝……？」

「嘎嗚？」
那正是兩人先前在那個溫泉裡穿的泳裝。
在連日酷暑的狀況下又得到泳裝，該做的也只有一件事了。
隔天，兩人再次造訪湯之葉地區。

放眼望去便是一整片遼闊的湛藍大海以及潔白沙灘。

天空也一片萬里無雲的好天氣，就連大海與藍天的界線也模糊不清。

「哇啊……！」

面對眼前這片絕景，夏綠蒂睜大眼睛。她身上穿著的是那套比基尼配上腰巾的泳裝，長髮隨著海風飄逸，就這麼眺望著大海好一陣子。

然而，她忽然回過神來，轉頭看向在自己身後的亞倫他們。

「亞倫先生，請你快看！是海喔！是海耶！」

「啊，嗯，是海呢。」

「嘎嗚～」

穿著海灘褲的亞倫只是隨意應了兩聲而已，露也感到困惑地歪過頭。

昨天一收到泳裝，就臨時決定要來海邊玩了。看來熱過頭的天氣也讓亞倫都快要無法思考了。

（不過，真沒想到她會開心成這樣……）

一行人才剛抵達而已，夏綠蒂就已經亢奮到最高點了。

亞倫站在她身邊，對她笑著說：

「難道這是妳第一次到海邊來？」

「是、是的……我還是第一次來到這麼靠近海的地方呢。」

夏綠蒂動作生硬地點了頭之後，緩緩走到海岸邊。

這時打上來的海浪潑到她穿著拖鞋的赤腳，讓她發出「呀！」的細聲驚呼。

「海浪真的會打上來再退回去呢，好不可思議。」
「哈哈，那改天再跟妳解釋這個現象的原因吧。」
要仔細地幫她上一堂關於潮位與天文的關係也不錯。
但今天最重要的是開開心心地在海邊玩。
亞倫環顧了四周一圈。
大家或許都是受不了這種酷暑，有很多人都跑來海邊玩。一旁整排都是各式各樣的攤販，顯得熱鬧非凡，足以讓人好好享受一番了。
「好，那我就來教妳今天要如何享受海邊的樂趣吧。」
「好、好的！請多多指教！」
夏綠蒂緊握起拳頭替自己打氣，凡事都這麼拚命總是好事一樁。
牽過這樣的她的手，亞倫緩緩走進海裡。總之先到水深及腰的地方。
大海相當澄澈，連海底都能一覽無遺。
魚兒在兩人身旁游來游去，身上的魚鱗在太陽光的照射下閃閃發亮。
夏綠蒂的表情都亮了起來，並揚起歡聲道：
「好、好厲害喔！有魚耶！」
「那當然，畢竟這裡是海嘛。」
「啊！那邊有長海藻耶！還搖搖晃晃的！」
「是是是。」

眼前看見的一切，對她來說似乎都很新鮮，還會開心地一一與自己分享。亞倫瞇起眼睛聽她說著……夏綠蒂卻一個驚覺，好像很抱歉地縮起了身子。

「啊！對、對不起……我自己太興奮了……」

「說這什麼話？這一趟是為了妳而來的，妳就好好享受吧。」

「……你不會覺得我吵嗎？」

「我反而還想一直聽妳說下去。」

「這、這樣啊……」

亞倫說了坦率的感想之後，夏綠蒂先是稍微睜大了雙眼，接著淺淺笑了起來。

「那麼，我也會盡情地——呀啊！」

「哇噗！」

這時，突然有一道大浪襲來。

衝進海裡的犯人正叼著一隻魚，得意洋洋地探出頭來。

「汪呼！」

「露……妳這傢伙……」

「呵呵。到了海邊，小露也很樂在其中呢。」

夏綠蒂輕聲笑了起來。

她的一頭長髮濕漉漉地貼在肌膚上，更凸顯出身材的曲線。感覺視線又要被牽引過去了……

亞倫硬是壓下自己這樣的欲望。

「好！我的原則就是以牙還牙，以眼還眼！接招吧，露！」

「嘎嗚……！」

嘩啦一聲，亞倫鎖定了露，朝牠猛地潑了一身海水。

這招反擊似乎超乎牠的意料。在驚訝之餘，還讓噙到嘴邊的魚逃走了，露的雙眼因此綻出一道詭異的光輝。牠投向亞倫的是全面的敵意。

「嘎嗚汪嗚！」

「哇哈哈！想贏過我，妳還早得很呢！」

「啊哇哇！不、不可以吵架——呀嗚！」

夏綠蒂也被捲了進來，他們三個的戲水也揭開了序幕。

就這樣在海邊玩了好一陣子之後。

「嗯，我看在這附近就行了吧。」

在沙灘上架好遮陽傘之後，亞倫用手拍了拍沙子。

弄出一個陰涼的地方並鋪上地墊，披著浴巾的夏綠蒂把身子縮得小小地坐在那裡。可能是泡在海裡太久了，她的嘴唇顯得有些蒼白。

「妳有點玩過頭了吧，在這裡休息一下好了。」

「好、好的，但是……我玩得非常開心！」

「那就太好了。」

見夏綠蒂滿臉笑容地這麼說，亞倫的表情也柔和了許多。

有來這一趟真是太好了，酷暑萬歲。

原本是那麼令人可恨的炎熱天氣，當情況演變成這樣時，也會覺得是無上的恩惠，說來還真是不可思議。

亞倫帶著愉悅的心情，伸手指向攤販並排的地方。

人潮眾多又很熱鬧的那一區飄來了食物的香氣及甜味。

「妳等我一下，我去買個飲料之類的回來。露，夏綠蒂就交給妳照顧嘍，要是有可疑的傢伙靠近她，儘管把對方吃了沒關係。」

「汪嗷呼。」

「不、不可以吃喔！」

露像在表達遵命般點了點頭。

這附近有很多輕浮的年輕人，都會興沖沖地四處搭訕……但再怎麼說，應該都不至於有人會笨到來追求一個帶著芬里爾的少女吧。

於是亞倫踏著輕快的步伐，前往攤販區。

有利用炭火燒烤什麼的店，也有在賣冰品的店，迎面而來的是琳瑯滿目的選擇。亞倫先到處單純逛逛，四處看看時——

「咦！克勞福德先生？」

「嗯？」

聽到耳熟的聲音，他不禁回過頭看。

結果，有一道人影在規模大上許多的攤販上朝他揮著手。

頭上戴著珊瑚髮飾的女性人魚……錯不了，就是那間飯店的那位接待人員。她今天身上穿的不是套裝，而是像個攤販店員的圍裙。

「妳為什麼會在這裡……」

「當然是因為我們飯店也有來這裡擺攤啊。」

攤販上確實掛了一塊寫著「湯之葉度假村快閃店」的招牌。

人魚的雙眼閃閃發亮地對亞倫投以微笑。

「看來那套泳裝立刻就派上用場了呢。夏綠蒂小姐及芬里爾妹妹也都一起來了嗎？」

「是啊，謝謝妳特地寄來給我們。」

「我才該向各位道謝呢。多虧了克勞福德先生，本飯店的營收可是直線攀升喔♪」

她如此斷言時，露出來的笑容看起來格外燦爛。

實際上，她現在待的攤販也是門庭若市。

商品都賣得很快，好幾個店員都不斷忙進忙出地動作著。

「我們自己改編了一下克勞福德先生教導的魔法，並販售在豔陽底下也不會退冰變溫的飲料。我們也有傳授給其他店家，大幅提升了這一帶的來客率喔！」

「那、那真是太好了呢。」

商業精神可真是旺盛啊……亞倫只能感到欽佩不已。

不過飲料的品項確實很多樣性，也飄散著感覺很美味的香氣。如果是評價很高的店，想必不會踩雷。

「正好，我也買點東西吧。」

「不用向您收費啦，這是給您的特別招待喔。」

「唔嗯，那還真是令人感激……不過，你們究竟在賣什麼？」

亞倫歪過頭，並朝攤販裡面看了過去。

店員們拚命在製作的是冉冉飄著熱氣的圓形食物。先將麵糊注入鐵板之中，再接連丟進神祕的食材，接著拿長竹籤整理出完整的形狀。雖然店員俐落的料理手法令人咋舌，卻是個從沒見過的料理。

對於這個疑問，人魚抬頭挺胸地做出解答。

「那當然是——章魚燒！」

「…………章魚？」

「是的，這種料理是將章魚切塊放入麵糊之中，再烤成圓～圓的形狀。」

人魚說得若無其事，亞倫卻只能僵在原地。

章魚就是那個吧，棲息在海中，觸手會動來動去、扭來扭去的神祕生物。

那樣的形象浮現在腦中，亞倫不禁皺起了眉。

「竟然要吃那個……你們是認真的嗎？」

「呵呵呵～看來克勞福德先生沒有跟上潮流呢。這道B級美食可是在大街小巷都超級受歡迎喔！」

人魚還順道補充了一句「這在東方國家是滿主流的料理喔」。

確實從剛才開始，那個名為「章魚燒」的料理一起鍋就一個接著一個地賣出去。

「最近這片大海有巨大章魚出沒，動不動就把船擊沉，一天到晚造成損失危害……既然如此，我們就想說乾脆拿來當作名產好了～」

「雁過拔毛是吧……不過章魚啊……」

從他們的銷售狀況看來，肯定很受歡迎沒錯……

但那個形象無論如何還是會在腦海中浮現。

「嗯——還是下次有機會再試試吧，這次還是先來個飲料就好。」

「唔，很好吃的說。不過好吧，我知道了。」

人魚動作俐落地準備好果汁，以及可以讓露喝的牛奶。

飲料的種類好像也是既多樣又齊全，讓人感到很貼心。

「來，讓您久等了。各位在這之後還要繼續玩一段時間嗎？」

「是這樣打算沒錯，不過夏綠蒂似乎累了。」

說到頭來，夏綠蒂本來就不是一個體力多豐沛的人。要是玩得太過頭，恐怕會影響到身體狀況。

這麼說明之後，人魚加深了臉上的笑意。

「那麼……我們有個珍貴的好東西喔♪」

「哦……？」

亞倫他們划著那個「珍貴的好東西」，投身遼闊的海洋。

在海浪平穩的搖晃之下，夏綠蒂笑得很是開心。

「哇啊……原來也有這麼小艘的船呢，我還是第一次知道。」

「這東西作工簡單，沒辦法划到太遠的地方就是了。」

「嘎嚕～」

三人搭乘的是小型橡皮艇。

飯店的攤位不只有販售食物，好像也有提供一些在海邊遊玩時會用到的東西。於是亞倫就用一口價買下其中一個東西，並像這樣約夏綠蒂來到距離海岸邊有段距離的海上。

海浪緩緩的，感覺就像待在搖籃裡面一般。

夏綠蒂看向海面，呼出了一道沉醉般的感嘆。

「有好多魚喔，真美。」

「到了海上這邊，種類當然也會增加。」

在這裡可以看見紅、藍、黃等色彩繽紛的魚自在優游的身影。

露也是深感興趣地眺望著海底，但沒有做出要襲擊魚兒的舉動。

趁她們看到沉迷的時候，亞倫在橡皮艇上搭建起一個簡易的屋簷。不用多久，一個剛剛好的遮陽處便完成了。

拿出薄毯，亞倫揚起了邪笑。

「好啦，景色也享受完了之後，就在這裡悠哉地睡個午覺吧。」

「啊，這就是只能在海邊做的壞壞的事吧！」

「沒錯，妳也越來越懂了嘛。」

睡午覺這件事在家裡也做過好幾次，但在海上還是第一次。

他們三個自在地躺在橡皮艇上。夏綠蒂在中間，亞倫跟露則各護在她左右兩側。雖然有點擠，感覺快碰到對方的肌膚了……幸虧有蓋著薄毯，避免了這樣的狀況。

沒有意識到亞倫這樣的苦惱，夏綠蒂這時輕笑了起來。

「我對大海的印象就是游泳或是釣魚……原來也有這種樂趣呢。」

「可不只這樣而已喔。還能到岩石比較多的地方觀察生物，或是在沙灘撿貝殼之類的。」

「好棒喔！亞倫先生也有這樣的興趣嗎？」

「是啊，以前很常這樣玩。」

雙眼微微閉上之後，令人懷念的回憶也在腦海中浮現。

老家的後方剛好有像這樣的一片大海，以前很常自己跑去海邊四處探索，而且也是有其目的。

「我偶～爾會發現罕見的動物或貝殼，就會帶回家讓叔叔買下來。在到魔法學校工作之前，這可是我貴重的資金來源。」

「……很像是亞倫先生的作風呢！」

夏綠蒂盡全力地這麼打圓場。

平凡無奇的對話持續下去。

他們回顧著最近發生的事情，又或是確認了有沒有短缺的日用品。

夏綠蒂特別想聽亞倫說起童年時代的事情。

雖然不覺得有特別值得一提的愉快時光，但在追問之下，亞倫也侃侃道來……無意間，他也有點在意地反問了夏綠蒂。

「那妳又是過著什麼樣的童年？」

「嗯～……跟媽媽一起生活的時候，附近都沒有年紀跟我相仿的小孩，所以我大多都是自己一個人玩呢。」

「唔嗯，像是看看書之類？」

「是啊，同一本繪本媽媽都會讀上好幾次給我聽。」

回想起過世的母親，夏綠蒂也緩緩道來。

當她講起在公爵家的事情時，語氣很容易變得僵硬……不過看樣子，跟母親一起生活的那段回憶在她心中是一段平穩的記憶。

（……總有一天，也要帶她去掃個墓才行呢。）

亞倫自己也想跟她母親打聲招呼。

至於該如何自我介紹，就到時候再思考吧。

在他下定決心的時候，露似乎已經完全睡著了。夏綠蒂則是輕輕摸著揚起打呼聲的牠的頭，並用有些茫然的口氣繼續說了下去。

「那個時候的日子也過得很開心……不過跟亞倫先生一起生活的現在也讓我非常高興。」

「……能聽妳這樣說，我也很開心呢。」

亞倫感慨萬分地一字一句地說著。

自從跟她相遇以來，共度了一個多月的時間。雖然那個時候當場就趁勢發誓要讓她幸福……

但能見到她笑得這麼純真可是超乎了他的預想。

夏綠蒂轉過身，面向亞倫。

「因為亞倫先生懂很多事情，讓我每天都充滿了驚奇呢。」

有些害臊地笑開來的表情近在眼前，讓亞倫的心跳重重地漏了一拍。

「好、好歹我也比妳多活了幾年嘛……」

「當我到了亞倫先生這個年紀的時候，是不是也能跟你一樣博學呢……？」

「那是當然，搞不好還會比我更聰明呢。」

「呵呵，如果是那樣……就太好了。」

夏綠蒂的聲音有些飄渺，感覺已經一隻腳踏入夢鄉了。

亞倫替她重新蓋好薄毯。

然而，夏綠蒂輕輕地將自己的手疊在他的手上。

「那個……亞倫先生。」

「嗯？怎麼了？」

「要是、要是不會給你帶來麻煩的話……」

夏綠蒂有些迷濛地摸著亞倫的手，這麼問道。
接著抬起眼睛，怯生生地說：
「以後也可以請你繼續教我許多壞壞的事情嗎……？」
「………」
亞倫不禁語塞並僵在原地。
這對平常的兩人來說是很日常的對話。
分明如此，只是因為身上穿著泳裝，就讓人覺得這句話別有深意。
看見一時當機的亞倫，夏綠蒂忍不住消沉地垮下了肩膀。
「啊……對不起，明明是我寄人籬下，卻說出這種不要臉的請託……果然還是不行對吧？」
「不不不，才沒有這種事！」
亞倫不禁快言快語，還立刻站了起來。
他輕輕反握住夏綠蒂的手，率直地做出宣言：
「從今以後，我會教會妳這世上所有的快樂，所以，就是……」
希望妳一直陪在我身邊。
他差點就要說出這種話，幸好在脫口之前忍了下來。
「所以……妳就好好期待吧。」
「……好的。」
夏綠蒂先是眨了眨眼，最後柔柔地揚起了微笑，就這麼打了一個小小的呵欠。

看夏綠蒂揉了揉眼睛的樣子，亞倫露出苦笑——

「好了，妳不用勉強自己……」

「……亞倫先生？」

亞倫突然沉默了下來，讓夏綠蒂不解地歪過了頭。

「那個……是怎麼了嗎？」

「不，沒事。」

亞倫笑著摸了摸她的頭。

接著順便坐起來一點，並隨意朝四周看了一下，不過夏綠蒂應該沒有發現。

「晚安，夏綠蒂，祝妳有個好夢。」

「好的……晚安，亞倫先生。」

夏綠蒂閉上雙眼，而就在這個瞬間。

咕嚕嘎啊啊啊啊啊啊啊！

彷彿不存在於這世上的駭人咆哮響徹四下，一陣大海嘯襲擊了附近這一帶。

亞倫他們搭乘的橡皮艇也被捲了進去，無能為力地沉……不，沒有沉沒。

「真是的，突然間就出招，也太心急了吧。」

亞倫只是聳了聳肩。

橡皮艇的附近張開了一道球狀障壁。當然防水，甚至連隔音效果也很完美，更是將帶來的搖晃壓到最小的程度。

多虧於此，夏綠蒂依然睡得很香甜。
「嘎嗚嗚……」
「喔，露，妳也想一起上吧？」
露跟著起身，亞倫輕輕拍了拍牠的頭，並再次環視四周。
不知不覺間，天空好像隨時都要落淚一般，變得烏雲密布。
宛如夜晚的黑暗，從海裡探出頭來的是一隻巨大的章魚。那深沉暗紅的觸手不斷扭動，還緊緊瞪著橡皮艇，撼動著海面現身的章魚數量不下十隻吧。
這麼說來，人魚曾說過「最近這片大海有巨大章魚出沒」。
亞倫他們的橡皮艇應該是不小心飄進章魚的巢穴了吧。
「哈……區區軟體動物，膽子還挺大的嘛。」
在本應窮途末路的狀況下，亞倫揚起冷酷的笑。
完全沒有手下留情的打算，因為他確實有非得把牠們擊潰到體無完膚的理由。
「竟敢阻撓夏綠蒂睡午覺，豈有此理！看我把你們打成海裡的碎藻，消失殆盡！」
「嘎嗷！」
就這樣，他們兩個與巨大章魚之間的壯烈死鬥就此揭開序幕。
在那兩小時後——
「呼啊……」
夏綠蒂在橡皮艇裡動著身體，緩緩起身。

亞倫笑著向這樣的她打招呼。

「早啊，妳睡得很熟呢。」

「是的，我睡得非常舒服……呀啊！」

這時，夏綠蒂發出了驚聲哀號。

看樣子，她好像察覺到四周的狀況了。橡皮艇已經被靠上海濱，而堆積在正前方淺灘上的是……一群巨大章魚。

「這、這是怎麼了，這麼多章魚是……！」

「沒什麼啦，只是在妳睡著之後發生了一些事，我跟露很快就一起把牠們解決掉了。」

「原、原來是這樣啊……我完全沒有發現。」

「汪嗚！」

「呵呵，也辛苦小露了。」

一邊摸著希望得到稱讚的露的頭，夏綠蒂環視了四周。

然後，她不解地歪過頭。

「話說回來……大家都在吃什麼呢？」

「啊～……那個啊……」

沙灘上聚集了大批人潮，嘻嘻鬧鬧地享受著料理。

那是個冉冉飄起熱氣的圓形物體，也就是叫「章魚燒」的料理。

「克勞福德先生～！」

「喔喔，人魚小姐。」
這時，那位人魚滿臉笑容地前來。
她就這樣牽起亞倫的手，力道強得像要揮動起來一般跟他握手。
「真的非常感謝您！竟然一口氣將那些章魚都解決掉了，實在不知道該如何答謝才好……」
「沒什麼啦，只是順手解決了，妳別放在心上。」
「這怎麼行。所以說，這個……是給您的一番謝禮！」
「……我就知道～」
她遞到眼前來的是一份章魚燒。
由於亞倫解決掉了那些章魚，現在正緊急在海灘上不斷製作章魚燒，免費提供給來泡海水浴的客人們享用。
這時，夏綠蒂深感興趣地探頭看了看。
「那是什麼呢？味道聞起來好像很好吃……」
「這就是章魚燒喔～」
「章、章魚嗎！」
夏綠蒂睜圓了雙眼。
她應該跟亞倫一樣，從來沒有想過要吃章魚的想法吧。
所以，亞倫打算再次鄭重婉拒時……
「那個，我看我們還是──」

「那我就不客氣了！」
「啊？」
夏綠蒂沒有任何遲疑，就將章魚燒塞進嘴裡。
她緩慢又謹慎地咀嚼了一下……接著露出笑容滿面的表情。
「雖然很燙……但好好吃！」
「謝謝！合您的胃口真是太好了。」
人魚也心滿意足地點了點頭。
一旁的亞倫只能驚訝地睜大了眼睛。
「妳還真有勇氣啊……那可是章魚喔。」
「確實是會有點嚇到……」
夏綠蒂吃完嘴裡的章魚燒之後，感覺有點害臊地揚起滿面笑容。
「但既然要以亞倫先生為目標，我覺得首先就要毫不畏懼地勇於挑戰任何事情，所以我才會鼓起勇氣！」
「……這樣啊。」
「啊，小露也要吃嗎？來，請用。」
「汪呼！嘎呼嘎呼！」
夏綠蒂喊著「啊——」地餵進牠嘴裡，露也跟著吃起了章魚燒。
看著眼前的光景，亞倫不禁湧上萬千的感慨。

感覺就像見證了自己的孩子離巢時，身為父母的成鳥心境。

（真的變得堅強了呢……但是，如此一來，我能教她的事情不就會越來越少了……？）

一想到這點，內心不知為何就湧現一股莫名的煩悶。

但那立刻就輕易消散了。因為夏綠蒂接著打開新的一盒，夾起章魚燒，說著「啊──」並遞到亞倫的面前。

「亞倫先生要不要也吃一個看看呢？亞倫先生也一起來享受壞壞的事情吧！」

「……也是呢。」

亞倫聽了便淺淺笑了笑。為了增加可以教給夏綠蒂的事情……只要自己也持續挑戰下去就行了，說來也是非常單純的一件事。

「啊！吃的時候還請小心喔。那一份才剛起鍋，所以現在非常燙──」

儘管人魚慌忙地提醒，亞倫依然一口吃下章魚燒──

「好……好燙！」

「亞倫先生！你沒事吧？」

「汪嗚～？」

這讓他嗆了一番，變成了一段沒有漂亮結尾的夏日回憶。

後記

各位讀者初次見面。我是ふか田さめたろう。是學會用鰓呼吸並上到陸地，還會用胸鰭潛水的靈活鯊魚。

這次非常感謝各位購買本作《撿走被人悔婚的千金，再由我教會她壞壞的幸福生活》。

這是在「小說家になろう」平台上刊載的作品。

雖然是這樣的書名，但是個內容相當健全，步調又很悠哉的故事，因此若有讀者是期待色色的劇情才購買的話真的非常抱歉。不過有加上副標題，應該算勉強過關……？

當初想到這個故事時，是以「被趕出家門的千金小姐享受著壞壞的事情」為主軸，並以夏綠蒂為主角，亞倫則是「熟知壞壞事情的邪惡魔法師」的配角。以這個設定寫了一點開頭之後總覺得不太順手……於是就調換了主角跟配角，寫成現在這樣的內容。

沒想到這故事會廣受好評，才有辦法像這樣集結成冊出版。

我要藉著這個機會向支持我的各位讀者們致謝。

也很感謝在書籍出版後第一次閱讀這個故事的各位讀者！正因為有人閱讀，這故事才真正成為一本書，有這樣的緣分讓我感到非常開心。

另外，在此要為負責插畫的みわべさくら老師致上謝詞。封面當然相當豐富多彩又超級美麗

（就連小東西都畫得很精緻！），書中的人物的插圖也都有著豐富的表情，讓我感到非常雀躍。

在您這麼忙的時候為本書繪製插圖，真的非常感謝！

也很感謝K責編。謝謝您為了討論劇情還特地來到關西，今後也請多多指教！

還有，幾乎在這一集出版的同時，漫畫版也在「コミックスPASH」的網站上開始連載了。負責漫畫的桂イチホ老師將故事畫得熱鬧、活蹦亂跳又很可愛，請各位務必去看看。就連我這個作者都不再是以作者的角度，而是站在讀者的立場享受這部漫畫作品了。

那麼，希望能在第二集再與各位相見。

ふか田さめたろう敬上

高寶書版集團
gobooks.com.tw

LN004

捡走被人悔婚的千金，教會她壞壞的幸福生活
～讓她享受美食精心打扮，打造世上最幸福的少女！～ 1
婚約破棄された令嬢を拾った俺が、イケナイことを教え込む
～美味しいものを食べさせておしゃれをさせて、世界一幸せな少女にプロデュース！～

作　　者　ふか田さめたろう
繪　　者　みわべさくら
譯　　者　黛西
編　　輯　陳凱筠
美術編輯　林檎
排　　版　彭立瑋
企　　劃　黃子晏

發 行 人　朱凱蕾
出　　版　三日月書版股份有限公司
　　　　　Printed in Taiwan
地　　址　臺北市內湖區洲子街88號3樓
網　　址　www.gobooks.com.tw
電　　話　(02) 27992788
電　　郵　readers@gobooks.com.tw（讀者服務部）
傳　　真　出版部　(02) 27990909　行銷部 (02) 27993088
郵政劃撥　50404557
戶　　名　三日月書版股份有限公司
發　　行　英屬維京群島商高寶國際有限公司臺灣分公司
　　　　　Global Group Holdings, Ltd.
初版日期　2022年5月

國家圖書館出版品預行編目(CIP)資料

捡走被人悔婚的千金，教會她壞壞的幸福生活～讓她享受美食精心打扮，打造世上最幸福的少女！～ / ふか田さめたろう著；黛西譯.-- 初版. -- 臺北市：英屬維京群島商高寶國際有限公司臺灣分公司出版：三日月書版股份有限公司發行,, 2022.05-
冊； 公分. --

譯自：婚約破棄された令嬢を拾った俺が、イケナイことを教え込む～美味しいものを食べさせておしゃれをさせて、世界一幸せな少女にプロデュース!～

ISBN 978-986-0774-88-7(平裝)

861.57　　111003234